© Walter Breitinger

Marliese Arold, geboren 1958, studierte Bibliothekswesen in Stuttgart und arbeitet seit 1983 als freie Schriftstellerin. Für Kinder und Jugendliche Geschichten ausdenken und aufschreiben ist für sie das Schönste. Marliese Arold lebt heute mit ihrem Mann und ihren beiden Kindern in Erlenbach.
In der Fischer Schatzinsel ist von ihr bisher ›Oskars ganz persönliche Geheimdatei‹ (Bd. 85040) erschienen.

Silke Brix-Henker wurde 1951 in Probsteierhagen/ Schleswig-Holstein geboren. Sie studierte an der Hamburger Fachhochschule für Gestaltung. Seit 1988 illustriert sie Bilder- und Kinderbücher. Silke Brix-Henker lebt heute in Hamburg.

Crazy Emma. Emma ist echt crazy! Sie hat jede Menge verrückter Ideen, trägt völlig schräge Outfits und auf den Mund gefallen ist sie auch nicht gerade. Vielleicht laufen ihr deshalb die Jungs so hartnäckig hinterher. Der rothaarige Sönke will sogar sein neues Moped nach ihr benennen. Aber seit sie zu ihrem 13. Geburtstag Schauspielunterricht geschenkt bekommen hat, heißt Emmas großes Ziel Hollywood! Dann gewinnt sie für ihre Freundin Iris eine Statistenrolle in einer Fernsehsoap. Die schüchterne Iris will aber auf keinen Fall allein fahren. Wie soll Emma nur das Geld für die Fahrkarte auftreiben? Zum Glück ist Emma Spezialistin für geniale Geistesblitze. Und am Ende steht sie da, wo sie schon immer hin wollte: vor der Kamera.

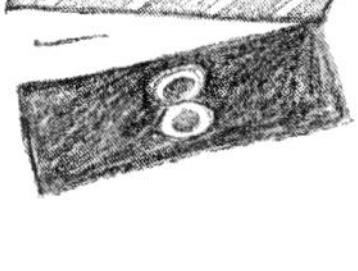

Marliese Arold
Crazy Emma

Mit Bildern von
Silke Brix-Henker

Fischer Taschenbuch Verlag

Fischer Schatzinsel
Herausgegeben von Markus Niesen

Veröffentlicht im Fischer Taschenbuch Verlag GmbH,
Frankfurt am Main, Februar 1999

Lektorat: Corinna Gieseler
Umschlaggestaltung: Buchholz/Hinsch/Hensinger
Umschlagillustration: Silke Brix-Henker
Gesamtherstellung: Clausen & Bosse, Leck
Printed in Germany
ISBN 3-596-85047-9

Nach den Regeln der neuen Rechtschreibung

Inhalt

Nervenkrise für Nina

Emma krempelte die Ärmel hoch und hielt auf Ellbogenhöhe inne.
»Nein, ich will heute nicht«, entschied sie dann.
»Du willst doch«, sagte Mama und lächelte ihr Sheriff-Lächeln. *Ergibst du dich freiwillig oder muss ich erst meinen Colt ziehen?*
Emma beschloss, sich nicht einschüchtern zu lassen. »Heute nicht. Ich hab absolut keine Lust zum Spülen.«
»Mach mich nicht wahnsinnig«, fauchte Mama. »Seit drei Tagen ist die Geschirrspülmaschine kaputt, der verdammte Kundendienst lässt uns warten und außerdem hast du genauso zu Mittag gegessen wie wir anderen. Das heißt, du hast das Geschirr auch schmutzig gemacht.«
»Na gut, dann spüle ich eben *meinen* Teller und *mein* Besteck.« Emma ließ ihren Blick über das Kochgeschirr wandern. »Und höchstens noch eine Salatschüssel und die halbe Pfanne.«

Mama atmete tief durch. »Herr im Himmel, ich danke dir für das starke Nervenkostüm, das mich dieses Kind schon fast dreizehn Jahre lang ertragen lässt«, murmelte sie. »Ich bitte dich, hilf mir auch über die schwierigen Jahre der Pubertät hinweg.«
Emma verzog das Gesicht.
»Morgen mache ich einen kleinen feinen Salat – für mich«, fuhr Mama fort. »Dann gibt's einen kleinen hübschen Broccoli-Auflauf – für mich. Und zum Schluss rühre ich mir noch einen leckeren Nuss-Pudding – mit ganzen Walnüssen.« Sie fuhr sich mit der Zunge über die Lippen.
»Und was ist mit uns?«, fragte Emma schwach. Für Walnuss-Pudding konnte sie sterben.
»Och, ihr könnt euch einen Döner kaufen oder Pommes«, erwiderte Mama leichthin. »Oder ihr macht euch einfach ein Brot. In Zukunft werdet ihr euch dran gewöhnen müssen, dass sich euer Dienstpersonal öfter mal einen freien Tag gönnt.«
Emma ließ heißes Wasser ins Spülbecken laufen. »Na gut, dann spüle ich eben«, grollte sie. »Aber nur, wenn du das mit der Pubertät zurücknimmst!«
Mama war jetzt wieder ganz freundlich. »Ach, Liebes, du bist nun mal in diesem abscheulichen Alter und ich hab vollstes Verständnis dafür, wenn

du mich anschnauzt und zickig bist, denn das sind bloß die Hormone und –«

Emma ließ sie nicht ausreden. »Immer kommst du mit dieser verfluchten Pubertät! Wenn ich bestimmte Schuhe möchte, die du mir nicht kaufen willst, dann ist es die Pubertät. Wenn ich abends absolut keinen Hunger habe und du unbedingt eine Banane in mich reinzwingen musst, dann liegt es an der Pubertät. Wenn ich Musik mag, die du nicht ausstehen kannst, dann kommst du mir wieder mit deiner beschissenen Pubertät. Das ist unfair!«

»Aber Emma –«

Doch Emma war jetzt in Fahrt. »Wenn Papa dir von unterwegs einen Pulli mitbringt, den du voll bescheuert findest, dann sag ich ja auch nicht: ›Lass nur, Papa, das sind bloß die Wechseljahre!‹«

Mama schluckte. »Ich bin erst neununddreißig.«

»Na und? Da kann's schon losgehen. Neulich hab ich in einer Zeitschrift gelesen, dass eine Frau mit fünfunddreißig in die Wechseljahre gekommen ist. Mann, die ist komplett durchgeknallt und mit einer Decke in die Hundehütte gezogen. – Hey, wo willst du hin?«

»Claudia anrufen«, sagte Mama. »Ganz wichtige Besprechung! Ich schick dir Sven, er soll abtrocknen.«

Damit fiel die Küchentür zu.
Emma warf den Spüllappen ins Wasser. »Sven muss nie spülen«, erzählte sie den Schaumbergen. »Er wird immer bevorzugt. Das ist die größte Ungerechtigkeit der Welt.«

Sie starrte auf die geflieste Wand hinter der Spüle und stellte sich ein großes Publikum vor. »Aber ich hab mich längst damit abgefunden«, erklärte sie theatralisch. »Ich kann meine Mutter sehr gut verstehen. Jahrelang wünschten Papa und sie sich von ganzem Herzen ein Kind. Sie haben alles probiert – Hormone, Spezialbehandlung in Amerika, afrikanischen Fruchtbarkeitszauber. Mama hat sogar an künstliche Besamung –« Irritiert hielt

Emma inne. Besamung – das war doch eher etwas für Kühe. Sie korrigierte sich. »Mama hat sogar daran gedacht, sich künstlich befruchten zu lassen. Papa war dagegen. Deswegen entschieden sie sich, ein Kind zu adoptieren.« Emma legte eine Pause ein. »Das Kind war ich.«

Sie stopfte sich das Geschirrtuch in den Hosenbund, so dass es aussah wie eine Schürze. »Meine leibliche Mutter hieß Sophia und war Italienerin. Oh, sie war *bella*, eine echte Schönheit. Außerdem adelig. Aber leider arm wie eine Kirchenmaus. Deswegen musste sie als Zimmermädchen in einem Grandhotel in Neapel arbeiten. Keine war so fleißig wie sie, niemand kümmerte sich mehr um das Wohl der Gäste.« Emma polierte mit dem Schürzen-Geschirrtuch die Spüle und wischte ein paar Wasserspritzer auf der Anrichte weg. »Eines Tages stieg ein großer Filmschauspieler im Grandhotel ab. Sein Aufenthalt in Neapel sollte ganz geheim bleiben. Sophia und er verliebten sich auf den ersten Blick ineinander.« Emma seufzte, als sie sich die leidenschaftlichen Küsse vorstellte. »Leider reiste er nach ein paar Tagen ab und kurz vor seiner Abreise gestand er, dass er verheiratet sei. Sophia brach es das Herz, aber sie tat weiter ihre Arbeit, selbst als sie merkte, dass sie schwanger war. Eines Tages rief der Hotelchef Sophia zu sich.« Emma zog die Augenbrauen zornig zusammen. »›*Wer ist der Vater Ihres Kindes? Raus mit der Sprache! Ein Gast?*‹ Sophia errötete und schlug die Augen nieder. ›*Solange ich lebe, wird niemand seinen Namen erfahren. Ich sage nur so viel, dass er ein großer Künstler ist, und ich hoffe sehr, dass mein Kind seine Anlagen erbt.*‹ Jetzt wurde der Chef noch wütender, er war nämlich furchtbar neugierig. Aber Sophia verriet kein Sterbenswörtchen. Schließlich drohte er, sie auf die Straße zu setzen.«

Emma legte die Hände auf die Brust. »›*O Signore, bitte nicht, lassen Sie mich weiter arbeiten, ich werde das Kind gleich nach der Geburt zur Adoption freigeben …*‹ Da erbarmte sich der Chef und Sophia durfte bleiben. Sie brachte ihr Baby ohne fremde Hilfe in der Dienstbotenkammer zur Welt.« Emma holte tief Luft und kam zum Höhepunkt ihrer Küchenvorstellung: »Mein richtiger Name ist also Nina Roberta D'Avolo, aber Mama und Papa haben Emma Lerche daraus gemacht. Ein paar Jahre später kriegten sie doch noch ein eigenes Kind, da kam leider Sven!«

Wie aufs Stichwort stürzte Sven in diesem Moment in die Küche und sah sich suchend um. »Wo ist das Geschirrtuch? Mama sagt, ich soll abtrocknen.«

Emma riss sich das Geschirrtuch von der Hüfte und klatschte es ihrem Bruder ins Gesicht. »Hier hast du es.«

»Hey!« Grinsend befreite sich Sven. »Weißt du, was C. I. ist?«

Emma überlegte und spülte ein weiteres Glas, das sie Sven zum Abtrocknen gab.

»C. I.? Vielleicht ›Creative Intelligenz‹? Nee, sicher nicht.«

Sie sah Sven an. »Los, sag schon.«

»In dem Buch, das ich von Claudia zum Geburtstag gekriegt habe, steht *alles* drin.«

Emma stöhnte genervt. Hatte Sven mal ein anderes Thema als seine dämlichen Aufklärungsbücher? Andere Brüder sammelten Fußballbilder oder Briefmarken oder Fantasy-Spielkarten. Sie war bestimmt das einzige Mädchen, dessen neunjähriger Bruder sich als Spezialist für Aufklärungsbücher fühlte. Besonders schlimm war es geworden, seit Mamas Freundin Claudia diesen Tick auch noch unterstützte.

»Und was ist das nun?«, fragte Emma und versuchte, ihre Stimme möglichst uninteressiert klingen zu lassen.

»Rate.«
»Keine Ahnung.«
»Was krieg ich, wenn ich dir's sage?«
Emma tippte sich an die Stirn. Svens Versuche, überall Geld rauszuschlagen, waren bekannt. »Ich bin doch nicht blöd! Ich frag ganz einfach Mama, die sagt's mir umsonst.«
»Falls sie es weiß«, sagte Sven und ließ das Geschirrtuch wie ein Lasso kreisen.
»Haha, du Superschlaukopf, bild dir bloß nichts ein«, höhnte Emma. »Wenn Mama und Papa nicht Bescheid wüssten, dann hätten sie uns wohl nicht gekriegt.« Sie verbesserte sich. »Dann hätten sie dich nicht gekriegt.«
»Ach, du bist wohl im Reagenzglas gemacht worden?«, spottete Sven.
Emma überlegte, ob sie ihr streng gehütetes Geheimnis preisgeben sollte. Aber Sven wurde in der letzten Zeit wirklich zu frech, er brauchte dringend einen Dämpfer.
»Ich bin adoptiert«, erklärte sie deshalb mit feierlichem Gesicht. »Meine leibliche Mutter ist adelig. Also bin ich auch adelig und du musst Respekt vor mir haben, denn ich hab blaues Blut und du nicht. Und jetzt sag endlich, was C. I. ist, verdammt!« Sie stampfte wütend mit dem Fuß auf, denn Sven

kriegte sich vor Lachen gar nicht mehr ein. »Wieso glaubst du mir nicht?«

»Mamas Mutterpass liegt in ihrer Nachttischschublade und da stehst du vor mir drin und bei deiner Geburt hast du vierhundert Gramm mehr gewogen als ich –«

»Du bist echt bescheuert!«, schrie Emma. »Es gehört sich nicht, in den Schubladen von anderen Leuten rumzuschnüffeln! Das sag ich Mama.«

»Dann erfährst du nie, was C. I. ist«, erklärte Sven seelenruhig.

»Hau bloß ab, du hirnlose Röstkartoffel!«, schnaubte Emma. »Und zwar dalli! Wenn ich dich noch länger seh, krieg ich die Krise!«

Das brauchte sie Sven nicht zweimal zu sagen. Er hängte das Geschirrtuch an den Haken, verschwand aus der Küche und Emma blieb allein zurück.

Drei Sekunden später kapierte sie, dass Sven es damit wieder mal geschafft hatte, sich vor der Arbeit zu drücken. Wütend pfefferte Emma einen Teller ins Spülwasser zurück und stürzte zur Tür.

»Und wer trocknet ab?«, brüllte sie ihm hinterher.

Keine Antwort. Wenn's drauf ankam, war Sven auf beiden Ohren stocktaub. Außerdem war er schon

über alle Berge oder hatte sich in seinem Zimmer verbarrikadiert – was ungefähr aufs Gleiche hinauskam.
Emmas wusste, dass es gar nichts nützen würde, sich bei Mama zu beschweren. Oberstes Gebot im Hause Lerche: *Stör Mama nie beim Telefonieren* (außer bei Feuer, Meteoriteneinschlag oder Bombendrohung), *sonst weckst du den schlafenden Tiger*! Das galt besonders dann, wenn Freundin Claudia an der Strippe hing. Seit sich deren Ehemann abgeseilt hatte, wurde dieses Thema endlos beredet.
Emma kehrte verdrossen in die Küche zurück. Eine Bö blies höhnisch Regentropfen ans Fenster.
»Und wer trocknet ab?«, fragte Emma vorwurfsvoll. Draußen heulte der Wind. Sie lauschte.
Der Wind, der Wind,
das adoptierte Kind …
Na klar. Wer denn sonst. Wütend schaltete Emma das Radio an. Spülen mit Musik war zumindest weniger langweilig als ohne. Und Teller und Gläser wurden auch von allein trocken.
Emma versenkte ein paar Teller im Wasser. Während der Geschirrberg langsam kleiner wurde, musste sie daran denken, was Sven gesagt hatte.

Pah, Papiere und Dokumente wurden haufenweise gefälscht! Warum sollte ausgerechnet Mamas Mutterpass echt sein? Sicher waren Ärzte bestechlich. Es gab falsche Busen, falsche Zähne, warum nicht auch falsche Mutterpässe? Für Geld konnte man alles haben. Emma gab noch ein paar Spritzer Spülmittel ins Wasser und malte sich dabei die Szene zwischen ihrer Mutter und dem Arzt genau aus. Sie versuchte Mamas Stimme nachzuahmen.

»*Nina darf nie erfahren, dass sie nicht meine leibliche Tochter ist*«, sagte Emma flehend. »*Doktor, Sie sind mir als größter Spezialist für gefälschte Mutterpässe empfohlen worden.*«

»*Gnädige Frau, Sie wissen, dass ich mich strafbar mache?*«

»*Aber Sie tun ein gutes Werk.*« Wohl dosierte Pause. »*Und es muss ja nicht umsonst sein.*«

»*Dann kommen Sie nach der Sprechstunde zu mir.*«

Abends erscheint Mama nervös in der Praxis. Die letzte Patientin ist schon gegangen. Mama folgt dem Arzt ins Sprechzimmer, wo er bei abgeschlossener Tür bedächtig die Papiere fälscht.

Arzt: »*Hm, und nun das Geburtsgewicht ... Was halten Sie von sechs Pfund?*«

Mama: »*Es dürfen ruhig vierhundert Gramm*

mehr sein, damit sie kein solcher Mickerling ist wie Sven.«

Stopp. Fehler im Drehbuch. Mama kann ja noch gar nicht wissen, dass sie Sven kriegen wird.

Also noch einmal. *»Schreiben Sie ruhig vierhundert Gramm mehr rein.«*

»Ganz wie Sie wünschen.« Der Arzt drückt seinen Stempel in den Pass. *»Das Geld überweisen Sie mir bitte auf mein Schweizer Nummernkonto.«*

Mama: *»Ist gebongt.«*

Emma grinste vor sich hin. ›Gebongt!‹, sagte Mama immer, wenn sie zufrieden war. Und sie war sicher *sehr* zufrieden gewesen, nachdem ihr italienisches Knuddelbaby ordentliche Papiere bekommen hatte.

Gut gelaunt griff Emma nach der Pfanne und kratzte an den Speiseresten herum. Ihr großes Herz, ihr feuriges Temperament, ihr Talent zur Charakterschauspielerin – all das konnte unmöglich von Mama, geschweige denn von Papa stammen. Schon andere Leute hatten behauptet, Emma sei völlig aus der Art geschlagen.

Nina Roberta D'Avolo … Eines Tages würde Emma mit diesem Künstlernamen ihren großen Auftritt haben. Und Mama würde staunen!

»Aber Emma-Nina, woher weißt du –«
»So was spürt man einfach. All deine Lügen waren zwecklos, Mama«, würde sie sagen.
Und dazu ein mildes, alles verzeihendes Lächeln … das Lächeln einer erfolgreichen Künstlerin eben.
Bei dem Gedanken ließ sich Emma von der Musik mitreißen und wirbelte in der Küche herum. Sie war eine großartige Tänzerin. Tanzen, Singen, Theater spielen – noch nie hatte die Welt so ein Multitalent erlebt. Emma hielt gerade das Geschirrtuch vors Gesicht – sie war eine rockende Haremsdame und ihre Augen lockten mit den Geheimnissen aus tausendundeiner Nacht – da kam

Mama wieder in die Küche. Sie zuckte zusammen.
»Huch, Emma, was soll das denn sein? Spielst du Bankräuber?«
Emma ließ frustriert das Tuch sinken. Bankräuber! Darauf konnte auch nur Mama kommen!
»Was hat denn hier so gekracht?«, forschte Mama weiter. »Bist du vom Stuhl gesprungen?«
»Ich bin doch nicht Sven.« Emma tippte sich an die Stirn. »Schon fertig mit dem Telefonieren?«
»Ja, Claudia hat keine Zeit. Hendrik ist nämlich wieder krank, der Ärmste. Magen- und Darmgrippe, er hat schon zwei Kilo abgenommen und sieht aus wie ein Käse, meint Claudia.«
Emma fand, dass Claudias Sohn immer wie ein Käse aussah, ob magen- und darmgepeinigt oder nicht. Und etwas abzunehmen schadete Hendrik gar nicht. Sein rundes Gesicht war leicht gelblich und auch sein dünnes Haar hatte die gleiche Farbe. Bestimmt schmeckten seine Lippen nach Emmentaler, brrr! Emma schüttelte sich. Sie hatte nicht die geringste Lust auf Käseküsse. Furchtbare Vorstellung! Hendrik war leider schrecklich in sie verliebt. Vorige Woche hatte er ihr einen Brief geschrieben. (*Ein Kuss von dir wär das Krößte und würde mich zum glücklügsten Menschen der Erde*

machen.) Emma war überhaupt nicht darauf erpicht, Hendrik *glücklüg* zu machen. Hendrik war weder gutaussehend noch sonderlich intelligent, völlig unsportlich und außerdem eine ganze Woche jünger als Emma. Emma würde sich nie in einen Jungen verlieben, der jünger war als sie!
Auf den Liebesbrief hin hatte sie prompt einen Alptraum bekommen. Sie hatte geträumt, dass Hendrik nach einem heftigen Kuss zu einem dicken Klumpen Schmelzkäse zusammengesunken war. An Emmas Lippen aber waren Fäden kleben geblieben wie beim Lasagne-Essen ... Einfach grässlich!
»Übrigens hast du vergessen, Hendrik zu deinem Geburtstag einzuladen«, sagte Mama.
»Das hab ich nicht vergessen«, erwiderte Emma trotzig.
»Aber Hendrik hat sich bei Claudia beschwert, dass er noch nicht eingeladen worden ist.«
»Ich hab es nicht vergessen«, wiederholte Emma. »Ich hab Hendrik absichtlich nicht eingeladen.«
Den Liebesbrief verschwieg sie. So was ging Mama nichts an. Die kam dann bloß mit lauter gut gemeinten Ratschlägen – die sicher alle zugunsten Hendriks ausfallen würden. Mama und Claudia waren nämlich fest davon überzeugt, dass Hendrik

und Emma schon wegen der Freundschaft ihrer Mütter ein Herz und eine Seele sein müssten.
»Aber Hendrik hat dich doch auch zu seinem Fest eingeladen«, betonte Mama.
Emma stöhnte. Natürlich hatte er sie eingeladen. Erstens lud er sie immer ein und zweitens nach dem Liebesbrief erst recht. Solange sich Emma erinnern konnte, luden sie sich gegenseitig ein. Manchmal hatten sie ihre Geburtstage sogar gemeinsam gefeiert und die Mütter hatten begeistert das Unterhaltungsprogramm organisiert: Wer bläst den größten Luftballon auf, ist am originellsten verkleidet, bastelt den schönsten Zeitungspapierhut? Es war schon schrecklich, was man im Laufe eines Lebens alles erdulden musste.
»Ich will meinen Geburtstag diesmal anders feiern«, sagte Emma bestimmt.
»Nicht ins Kino und anschließend in die Pizzeria?«, fragte Mama enttäuscht.
Emma schüttelte den Kopf. Sie sah, wie Mama schluckte. Klar, mit zunehmendem Alter fiel es einem immer schwerer, von lieb gewordenen Gewohnheiten Abschied zu nehmen.
»Es soll eine richtige Party werden.«
»Ach so, eine Party, sicher«, sagte Mama verständnisvoll. »Schließlich wirst du dreizehn.«

Alarmiert blickte Emma zu Mama. Kam jetzt etwa schon wieder das Wort *Pubertät,* diese schreckliche Erklärung für alles?
Aber Mama lächelte nur. »Es ist völlig in Ordnung, dass du eine Party geben willst. Ich verstehe bloß nicht, warum du Hendrik nicht einlädst.«
»Keine Jungs«, antwortete Emma wie aus der Pistole geschossen. Unwillkürlich fiel ihr Frogemuts Metzgereischild ein: *Wir Hunde müssen leider draußen bleiben.* Dazu tieftraurige Dackelaugen.
»Keine Jungs«, wiederholte Mama bedächtig.
Es gefiel Emma nicht, wie erleichtert sie aussah.
»Darf ich im Keller feiern?«
Mama sah noch erleichterter aus. *Was hab ich nur für eine vernünftige Tochter!* »Das ist sogar besser als in deinem Zimmer, der Boden ist nicht so empfindlich. Das letzte Mal habt ihr alles mit Schokoküssen vollgeschmiert.«
»Aber ich will den Raum dekorieren.«
»Fein, wir haben sicher genügend Lichterketten und Girlanden.«
Emma schüttelte den Kopf. »Nein, das ist viel zu normal.«
Mama blühte auf. »Ein fremder Planet im Weltraum. Eine rote Sonne am Himmel. Und alle Gäste haben Antennen auf dem Kopf.«

»Nicht schon wieder verkleiden!«, protestierte Emma sofort.
»Oder ihr stellt euch vor, ihr seid Passagiere auf der *Titanic*.« Mamas Augen begannen zu glänzen, sie war in ihrem Element. »Die letzten Stunden, bevor das Schiff untergeht.«
»Und als Höhepunkt kommt Sven mit dem Gartenschlauch und du wirfst uns Schwimmringe zu«, spottete Emma.
»Gute Idee«, fand Mama. »Aber dann feiert ihr doch besser im Garten.«
»Ich will aber nicht, dass die Nachbarn zugucken.« Emma stampfte auf. »Und ich will auch nicht, dass du mir Vorschriften machst, wie der Raum aussehen soll. Es ist *meine* Party.«
»Okay, okay, es ist deine Party. Verstanden. Ich misch mich überhaupt nicht ein. Auch nicht beim Aufräumen danach.«
Diese Bemerkung musste natürlich kommen. Kleine Rache, weil Mama mit ihren Einfällen abgeblitzt war. Dabei waren es an und für sich ganz reizende Vorschläge.
»Mach doch deine eigene Party«, sagte Emma, bestrebt, Mama wieder versöhnlich zu stimmen. »Du und Papa – ihr habt doch irgendwann wieder Hochzeitstag.«

»Hatten wir erst vor drei Wochen. Aber ich werd's mir durch den Kopf gehen lassen.«

Erst als Mama draußen war, fiel Emma ein, dass sie zwei wichtige Dinge vergessen hatte: sich über Sven zu beschweren und zu fragen, was C. I. war. Ungewissheit konnte Emma nur sehr schlecht ertragen. C. I.! Sie wollte unbedingt herausbekommen, was Svennie ihr da verschwieg.

Sie stürmte hinauf in sein Zimmer. Es war leer.

»Sven?«

Er gab keine Antwort. Emma wusste sicher, dass er das Haus nicht verlassen hatte. Warum muckste er sich dann nicht?

War er plötzlich ohnmächtig geworden und lag irgendwo bewusstlos auf dem Boden?

»Sven? Lass den Quatsch, hörst du?«

Stille.

Emma war beunruhigt. Es kam ja vor, dass Kinder urplötzlich tot umfielen. Erst hinterher entdeckte man, dass sie von einem rätselhaften Virus dahingerafft worden waren oder dass sie ein kaputtes Herz hatten und die Lungen fehlten oder die Nieren oder sonst was Wichtiges.

Sie sah im Bad nach. Leer. Im Elternschlafzimmer. Null Sven. In ihrem eigenen Zimmer war er auch nicht. Wo steckte er dann?

Er war weg. Hatte sich einfach in Luft aufgelöst. Bestimmt war er mit einem Laserstrahl an Bord eines außerirdischen Raumschiffs gebeamt worden, das zu Versuchszwecken kleine Kinder sammelte!

»SVENNIE!!!«, kreischte Emma.

Aus dem Klo ertönte ein genervtes »Ja?«.

Emma stöhnte, halb erleichtert, halb enttäuscht. Also war ihr Bruder nicht von kleinen grünen Männchen entführt und zu qualvollen Experimenten gezwungen worden. Sie hörte ihn blättern. Demnach hatte er wieder eines seiner geliebten Aufklärungsbücher mitgenommen.

Emma klopfte an die Tür.

»Besetzt!«, plärrte Sven.

»Was ist C. I.? Los, sag schon, sonst komm ich rein!«

Nichts hasste Sven mehr, als bei seinen Sitzungen gestört zu werden.

»C. I. heißt *Coitus interruptus*.«

»Und was bedeutet das?«, hakte Emma nach.

»Na, du gibst doch immer damit an, dass du Latein genommen hast«, ertönte es durch die Tür.

Emma biss sich ärgerlich auf die Lippen. Sie hatte keinen Schimmer. Die Vokabeln waren noch nicht dran gewesen.

»Sag bloß, du kannst es nicht übersetzen«, sti-

chelte Sven. »Frag doch Majestix, deinen Lateinlehrer!«
»Damit ich mich mit deinem Schweinkram blamiere!« Emma blockierte die Tür und drohte: »Du kommst hier nie mehr raus, wenn du nicht gleich sagst, was *Coitus interruptus* heißt.«
Sie hörte die Klorolle klappern, dann kicherte Sven.
»Ist doch ganz einfach: wenn es spannend wird, muss man aufhören – Geschlechtsverkehr mit Werbeunterbrechung eben!«
»Haha, wie witzig«, knurrte Emma, kein bisschen schlauer als vorher. Aber das würde sie Sven gegenüber natürlich nicht zugeben. Also marschierte sie muffig die Treppe hinunter und zurück in die Küche.

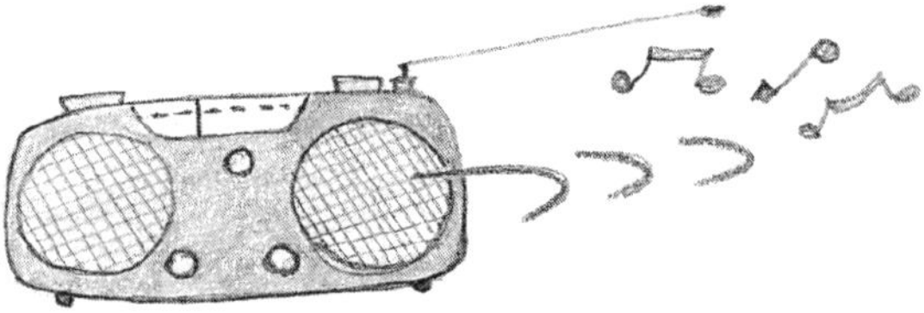

Infos für Iris

Emma kletterte auf die Eckbank und wollte das Radio ausschalten, denn inzwischen kam zum dritten Mal dieselbe Schokoladenreklame. Weiß der Henker, wie die Leute eine Kuh zum Wiehern gebracht hatten, jedenfalls nervte das Biest total. Doch Emma war nicht schnell genug. Bevor sie der Kuh den Ton abdrehen konnte, war der Radiosprecher mit seiner munteren Sonnyboy-Stimme wieder da.

»Und jetzt zu unserer angekündigten Überraschung!«

Emma ließ die Hand sinken. Sie liebte Überraschungen.

»Für unsere Hörer haben wir heute ein besonderes Geschenk. Wir verlosen nämlich zwei Statistenrollen für die Fernsehserie *Verrückt nach Liebe.* Also nix wie anrufen und gewinnen!«

Verrückt nach Liebe war die tägliche Vorabend-Soap, auf die Emmas Freundin Iris total abfuhr. Da wurde geliebt und gelitten, gehasst und geweint, da begannen Freundschaften und endeten Karrieren. Emma guckte die Serie nur selten, aber dank Iris war sie über alle Entwicklungen bestens im Bilde. Iris war nämlich in die männlichen Hauptdarsteller Magnus und Frederik verknallt und sammelte über die beiden jeden Zeitschriftenausschnitt, den sie in die Finger bekam. Ungefähr zwei Drittel ihrer Liebe galt Magnus. Iris besaß sogar eine Autogrammkarte von ihm. (Leider war die Unterschrift nur aufgedruckt, wie die Spuckeprobe ergeben hatte.) Jetzt hatte das Drehbuch Magnus für vier Wochen nach Amerika geschickt und deswegen war Frederik stärker in den Vordergrund gerückt. Iris fand ihn auch nicht übel, bei guter Beleuchtung sah er ein bisschen aus wie Brad Pitt. Aber ein Drittel ihres Herzens war für Frederik genug, behauptete sie. Magnus war eindeutig ihre Nummer eins – genau wie für die meisten anderen Fans von *Verrückt nach Liebe*. Mindestens eine Million Mädchen waren in Magnus verliebt! Die Chancen, ihn kennen zu lernen, einen persönlichen Antwortbrief zu bekommen oder ihn am Telefon zu erwischen, standen also denkbar schlecht.

»Hey, bevor ihr jetzt alle hier beim Sender anruft, noch ein paar wichtige Punkte«, rief der Radiosprecher durch die Küche. »Also – ihr sollt über achtzehn sein, die Reisekosten müsst ihr selbst übernehmen und Honorar wird auch keines gezahlt. Aber ihr habt Gelegenheit, euch selbst im Fernsehen zu bewundern«, kleiner Lacher, »und ihr könnt einen Tag lang alle Stars live erleben, die ihr sonst nur vom Bildschirm kennt.«

Emma kriegte vor lauter Herzklopfen fast keine Luft mehr. Ganz klar, das war *die* Gelegenheit für Iris. Was für ein Glück, dass Emma das Radio eingeschaltet hatte. Ein Wink des Schicksals! Sie musste sich unbedingt die Telefonnummer des Senders notieren.

Panik – kein Papier! Her mit einer Serviette. Und natürlich kein vernünftiger Stift. Doch hier, auf der Fensterbank – Mamas Kajalstift. Egal. Emma flog aus der Küche und zum Telefon. Vor lauter Aufregung wollte ihr Iris' Nummer nicht gleich einfallen.

Dann doch. Sie lauschte angestrengt. Mist, besetzt! Ausgerechnet jetzt! Iris würde sich schwarz ärgern, wenn sie erfuhr, welche Chance ihr entgangen war!

»Dann ruf ich eben selber an.« Kurz entschlossen tippte Emma die Nummer des Senders ein. Sie würde sowieso nicht durchkommen, denn sicher

wählte in dem Augenblick ungefähr halb Deutschland diese Nummer.
Tuuuut. Tuuuut. Emma traute ihren Ohren nicht. Freizeichen. Das gab's doch nicht. Bestimmt hatte sie sich vertippt.
»Radio Primadonna, hallo?« Ganz eindeutig der Sonnyboy-Sprecher. »Wen haben wir denn am Apparat?«
Emma schluckte. Vermutlich war sie jetzt auf Sendung und alle konnten sie hören. *Nimm dich zusammen, Nina Roberta D'Avolo!*
»Hallo ... Hier ist ... Iris.«
»Hallo, Iris. Wie alt bist du?«
»Achtzehn«, log Emma.
»Prima. Beschreib dich mal. Wie siehst du aus?«
»Äh ... ich bin einsfünfundsiebzig groß.« Das war glatte zehn Zentimeter übertrieben. »Schlank.« Das stimmte. »Und ich hab lange blonde Haare.«
Gelogen, gelogen! Dunkel waren sie, fast schwarz. Sophia hatte sicher pechrabenschwarze Haare gehabt.
»Richtig lange Haare?«, freute sich der Sprecher. »Wie lang genau?«
Emmas Haarspitzen erreichten mal gerade so die Schultern. Es war ein Grauen, wie langsam ihr Haar wuchs.

»Bis zum Po«, erklärte Emma.
»Wow. Und schön blond?«

»Ja, hellblonde Locken.« Emma drehte eine schnittlauchglatte Strähne zwischen den Fingern.

»Dann bist du ja 'ne tolle Loreley. Schätze, dass unheimlich viel Kerle auf dich stehen.«

Hendrik bestimmt. »Klar, jede Menge«, behauptete Emma cool.

»Mann, du bist echt zu beneiden, Iris. Komm doch mal beim Sender vorbei«, Lach-lach-lach, »ich hab in zwei Stunden Dienstschluss, vielleicht können wir ja ein Glas Wein zusammen trinken.«

»Ich bin leider schon verabredet«, ließ Emma ihn abblitzen.

»War auch bloß Spaß«, meinte der Moderator. »Tja, gratuliere, Iris, du hast tatsächlich die zweite Rolle gewonnen. Viel Spaß! Bleib bitte dran, damit wir gleich deine Adresse notieren können. – Liebe Hörer, die beiden Statistenrollen sind vergeben, bitte nicht mehr anrufen!«

Als Emma einige Minuten später auflegte, konnte

sie es nicht fassen. Eine echte Rolle in *Verrückt nach Liebe*! Wahnsinn!
Als Statist hatte man zwar nichts zu sagen, sondern musste bloß irgendwo blöd rumstehen oder auf einem Barhocker an der Theke sitzen, also für Emma wär das nichts. – Aber für Iris würde ein Lieblingswunsch in Erfüllung gehen! Sie würde Magnus treffen und Frederik kennen lernen und die ewig neugierige Mutter Deichsel, die für Klatsch und Tratsch zuständig war …
Emma wählte noch einmal Iris' Nummer. Jetzt war die Leitung frei. Iris war gleich am Apparat.
»Pfeiler, hallo?«
»Hierrr sprrrricht Nina Rrrroberrrta D'Avolo.«
»WER?«, japste Iris hysterisch.
»Krieg dich wieder ein, ich bin's nur. Für alle Normalsterblichen noch immer Emma. Hey, du Oberknallkeks, hast du zufällig gerade Radio Primadonna gehört?«
»Nö, den blöden Sender hör ich nie«, sagte Iris. »Zu viel doofe Werbung. Warum?«
»Ich war grad im Radio«, trumpfte Emma auf. »Das heißt, du warst drin. Ich hab nämlich unter deinem Namen angerufen.«
Am anderen Ende herrschte einen Moment lang Sendepause.

Dann fragte Iris misstrauisch: »Bist du jetzt völlig durchgeknallt?«

»Klar, schon lang.« Emma ahmte die wiehernde Kuh nach. »Und ich hab gewonnen, stell dir vor. Für dich, für dich ganz allein.«

»Was hast du gewonnen?«

Emma beschloss, Iris ein bisschen zappeln zu lassen. »Rate.«

»Keine Ahnung.«

»Einen purpurroten Wonderbra«, hauchte Emma in den Hörer und grinste heimtückisch.

Iris' Mutter liebte es nämlich, mit ihrer Tochter BHs zu kaufen. Iris hatte schon fünf, darunter zwei gefütterte, die mehr natürlichen Inhalt vortäuschten. Iris war von ihnen ganz begeistert. Emma dagegen fand BHs grässlich, egal ob gefüttert, sportlich oder aus Spitze. Mama konnte mit Engelszungen reden, Emma weigerte sich, so ein Ding auch nur anzuprobieren. Erst neulich hatte es deswegen im Kaufhaus wieder einen Riesenkrach gegeben. Mama wollte Emma unbedingt in eine Kabine locken, aber Emma erklärte ganz laut, dass BHs eine sexistische Erfindung seien und sie sich nie freiwillig von so einem Teil fesseln lassen würde. Mit hochrotem Kopf hatte Mama Emma aus dem Laden gezogen.

»Einen Wonderbra«, wiederholte Iris atemlos. »Hoffentlich hast du die richtige Größe –«
Emma lachte laut.
»Du machst dich über mich lustig«, stellte Iris fest. »Du hast gar nichts gewonnen.«
»Doch. Was viel Besseres als einen Wonderbra.« Emma zögerte. Sie wollte unbedingt Iris' Gesicht sehen, wenn sie ihr die tolle Nachricht überbrachte. »Aber das kann ich dir am Telefon nicht sagen. Willst du zu mir kommen oder soll ich zu dir?«
»Wenn du nur wieder so einen blöden Witz machst, dann –«
»Es ist kein Witz, Ehrenwort. Ich schwör's dir bei *Verrückt nach Liebe*. Du wirst vor Freude an die Decke springen! Garantiert!«
»Dann komm zu mir«, entschied Iris. »Meine Oma muss nachher zum Zahnarzt und Mama will, dass ich mit in die Stadt fahre.«
»Mal wieder einen neuen BH kaufen?«, stichelte Emma.
»Nein, diesmal Schuhe. – Eines Tages erwürg ich dich noch, Emma!«
Emma legte lachend auf. Dann sauste sie in ihr Zimmer, um sich umzuziehen. Besondere Überraschungen verlangten ein außergewöhnliches Out-

fit. Emma öffnete ihren Schrank und überlegte. Sie würde zu Iris als *Glücksbringer* kommen. Wie sah das Glück aus?

Nach einigem Nachdenken entschied sich Emma für schilfgrüne Leggins und einen blassgrünen Rollkragenpulli. Sie stellte sich mit schräg nach oben gestreckten Armen und gegrätschten Beinen vor den Spiegel. Ganz klar, sie war ein vierblättriges Kleeblatt! Aber irgendwas fehlte noch, ein letzter Kick, der die ganze Sache interessanter machte. Emma wühlte in ihrer Schmuckschatulle und wählte dann das Lederbändchen mit den Haifischzähnen. (Zumindest nahm Emma an, dass es echte Haifischzähne waren. Der Händler auf dem Flohmarkt hatte geschworen, es seien die Zähne eines Killerhais und die Kette würde sie vor allem Unheil – beispielsweise schlechte Mathenoten oder Liebeskummer – schützen.) Nachdem sich Emma noch mit grünem Kajalstift ein Kleeblatt auf die Stirn gezeichnet hatte, schmückte sie ihre Ohren mit grauenhaft großen, pinkfarbenen Plastikohrclips (Klee blühte rosa!). Ein letzter kritischer Blick in den Spiegel: Das Outfit war perfekt.

Emma wirbelte ein paarmal in ihrem Zimmer herum, dann rannte sie die Treppe hinunter und riss im Flur ein durchsichtiges Regencape vom Haken.

Mama kam gerade die Kellertreppe herauf, die Arme voller Kartoffeln. Eine kullerte zu Boden, als Mama Emma sah.
»Willst du weg?« Mama seufzte ein bisschen. Sie hatte es längst aufgegeben, sich über Emmas sonderbaren Kleidergeschmack zu wundern. Emma hatte eben ihre eigenen Vorstellungen.
»Ich fahr zu Iris«, erklärte Emma.
»Und wann machst du deine Hausaufgaben?«, hakte Mama nach.
»Ich hab heute nichts Schriftliches auf.«
»Euch geht es wirklich gut«, fand Mama. »Zu meiner Zeit war das anders. Ich glaube, ich muss mal ein ernstes Wort mit eurem Klassenlehrer reden.«
»Bloß nicht«, wehrte Emma ab. »Wir kriegen viel zu viel auf.«
Nämlich mündlich. Erdkunde, Geschichte, Englisch, Latein. Sogar in Deutsch sollte sie ein elend langes Gedicht lernen, und zwar bis morgen.
»Musst du dich vielleicht noch auf ein oder zwei Fächer vorbereiten?« Mama blickte Emma forschend ins Gesicht.
Emma schüttelte den Kopf. Auf ein oder zwei Fächer? Es waren fünf!
»Na gut. Dann zisch ab, aber bleib nicht wieder so

lange. Heut Abend kommt Papa heim und wir wollen pünktlich essen.«

Emma knallte die Haustür hinter sich zu. So ein Sauwetter wie heute gehörte verboten! Sie zog die Kapuze über den Kopf, rannte zu ihrem Fahrrad und radelte los.

Sie hatte Gegenwind. Der kalte Regen klatschte ihr ins Gesicht und rann ihr den Hals herunter, der Wind bauschte das Regencape. Emma fror jämmerlich. Sie biss die Zähne zusammen und versuchte, Nässe und Kälte einfach zu ignorieren.

Zum Glück wohnte Iris gar nicht weit entfernt in einer Neubausiedlung. Emma musste noch in eine Seitenstraße abbiegen, eine letzte Anstrengung und – uff, geschafft! Sie sprang vom Rad, lehnte es an den Gartenzaun und schloss ab. Dann bohrte sie immer wieder den Zeigefinger in die Klingel. Klingklang – *mach auf!* – klingklang – *ich platz gleich!* – klingklang – *herrje, das dauert!*

Endlich öffnete Iris die Tür.

»Was bin ich?«, fragte Emma triumphierend und breitete die Arme aus.

Iris runzelte die Stirn. »Ein Wetterfrosch in Frischhaltefolie?«

»Quatsch!« Iris hatte einfach keine Fantasie! Emma stampfte in den Flur. »Ich bin ein vierblätt-

riges Kleeblatt und bringe dir großes Glück. Ich erfülle dir nämlich deinen Herzenswunsch!«
Als sie sich umdrehte, entdeckte sie die Sand- und Wasserspuren, die Schuhe und Regencape hinterlassen hatten.
»Sorry, war ich das?« Emma tat bestürzt. Aber eigentlich hielt sich ihr schlechtes Gewissen in Grenzen. Das, was sie zu berichten hatte, war viel wichtiger als ein paar doofe Flecken! Aber Iris, gut von ihrer Mutter dressiert, wedelte schon mit einem Lappen durch den Flur.

»Du weißt ja, wie pingelig Mama ist!«

Emma schlüpfte aus ihren Schuhen und sah sich nach einem Platz um, wo das Cape nach Herzenslust tropfen durfte.

Iris nahm es Emma schnell ab. »Ich häng das Ding ins Bad.«

Emma folgte ihr. Sie konnte sich nicht länger zurückhalten. »Du kommst ins Fernsehen!«

Iris hängte seelenruhig das Cape über einen Bügel und in die Dusche.

»Da bist du sprachlos, wie?«, freute sich Emma. »Aber es wird noch doller. Du darfst in *Verrückt nach Liebe* mitspielen. Zwar nur eine Statistenrolle, aber trotzdem. Na, ist das keine Mega-Riesen-Glücks-Überraschung?«

Iris drehte sich ganz langsam zu Emma um und tippte sich gegen die Stirn. »Du bist echt crazy, Emma! Ich glaub dir kein Wort!«

»Es ist wahr, ich schwör's!« Emma fing an zu erzählen.

Iris wurde bleich und bleicher. Dann legte sie einen Finger auf die Lippen und zerrte Emma aus dem Bad. »Schschsch. Wir reden oben weiter.«

»In deinem Palazzo?«, fragte Emma.

Iris' Zimmer war eine Pracht. Viel Platz und nagelneue Möbel. Kein schnödes Bett mit Quietschmatratze, sondern ein wunderschönes Sofa. Kein muffiger Uralt-Schreibtisch mit eingeritzten Flüchen, die noch von irgendwelchen Onkels stammten, sondern ein heller, (fast immer) ordentlich aufgeräumter Arbeitsplatz. Außerdem: Computer, Wochentimer, CD-Player und ein Fernseher mit Videorecorder, damit Iris auch alle Folgen ihrer Lieblingssoap aufnehmen konnte.

Auf dem Couchtisch lagen gleich drei Programmzeitschriften. Von den Wänden blinzelten Magnus und Frederik herab, mal solo, mal in Gemeinschaft mit der *Verrückt-nach-Liebe*-Crew.

Emma seufzte neidisch. Ein super Zimmer! Nur die Wände würde sie anders dekorieren. In diesem Punkt stimmte sie mit Iris' Mutter überein, aber das war wirklich reiner Zufall.

Wegen der Wände hatten sich Iris und ihre Mutter schon schlimm gezofft. Frau Pfeiler behauptete, die Poster seien lauter Schandflecke und außerdem ginge davon die neue Tapete kaputt. Emma persönlich fand, dass es insgesamt ein bisschen zu viel *Verrückt nach Liebe* war, aber da Iris nie genug davon kriegen konnte, war es wohl okay. Zugegeben, es nervte total, wenn Iris die Wand anschmachtete und seufzte: »Jeden Abend, bevor ich einschlafe, kann ich Magnus in die Augen schauen.«

Emma fand Magnus' Grinsen auf dem Bild absolut doof (Iris beteuerte, es sei so *verführerisch*). Einmal war Emma sogar rausgerutscht, dass der Typ sie ziemlich anödete. Natürlich war Iris da stocksauer geworden.

Jetzt vergewisserte sich Iris, dass die Tür richtig geschlossen war, dann schubste sie Emma aufs Sofa und ließ sich neben sie plumpsen.

»Noch mal alles von vorne!«, forderte sie.

Emma wiederholte, was passiert war, und ließ dabei keine Einzelheit aus.

Iris rutschte unruhig auf dem Sofa hin und her, nagte abwechselnd an ihren Fingernägeln oder biss auf ihren Zottelsträhnen herum.

»Wie kannst du so was behaupten. Einsfünfundsiebzig!«

»Ich glaub nicht, dass jemand nachmessen wird. Außerdem ziehst du einfach Schuhe mit hohen Absätzen an.«

»Achtzehn bin ich auch nicht.«

»Aber im Kino kommst du schon seit zwei Jahren in die Filme rein, die ab sechzehn sind.«

»Außerdem bin ich nicht blond. Jedenfalls nicht richtig.«

Iris' Haarfarbe konnte man mit viel Fantasie als Mischung zwischen Mausgrau und Hamsterblond

bezeichnen. Lang waren die Haare nicht und die momentanen Kringellöckchen waren ein Produkt aus Wickler und Festiger.
»Lässt sich doch alles ändern«, fand Emma. »Und jeder wird Verständnis dafür haben, dass du endlich deine langen Haare abgeschnitten hast, weil sie dauernd in der Kloschüssel gehangen haben. Sie wurde langsam ungeduldig. »Ich hab gedacht, du flippst vor Freude aus. Stattdessen sitzt du nur da und meckerst rum.«
Iris starrte Emma an. »Ich weiß noch immer nicht, ob du mich die ganze Zeit auf den Arm nimmst oder nicht.«
»Dann wär es ein ganz gemeiner Scherz«, bekräftigte Emma und beugte sich zu Iris. »Sag schon, bin ich gemein?«
»Manchmal schon.«
Emma zuckte zurück. »Aber nie ohne Grund.«
»Okay, dann glaub ich dir.« Iris blieb zehn Sekunden lang reglos sitzen. Dann schrie sie »Jiippiiee!« und umarmte Emma so fest, dass dieser die Luft wegblieb.
»Ich werd sie wirklich alle treffen? Magnus? Frederik? Uwe König? Paul? Mutter Deichsel?«
»Das ganze Sortiment!«, ächzte Emma und befreite sich aus Iris' Würgegriff.

»Das ist verrückt. Absolut verrückt. Genial. Einfach genial. Superwahnsinn!« Iris strahlte von einem Ohr bis zum anderen.
Einen Moment lang kam es Emma so vor, als würden auch die Stars auf den Postern eine Spur mehr grinsen als zuvor. Aber das waren sicher die Nachwirkungen des Sauerstoffmangels.
»O Emma, ich könnte dich küssen!« Iris wollte sich schon wieder auf sie stürzen, aber Emma rutschte zur Seite.
»Hoffentlich kriegst du dich bald wieder ein. Hab ich schon gesagt, dass das Ganze erst im Mai stattfindet? Es sind noch zwei Monate bis dahin.«
»Viel zu lange, ich sterbe vorher«, versicherte ihr Iris selig. Sie wandte den Kopf und himmelte den verführerischen Papier-Magnus an. »Ach, Magnus!«
Emma beobachtete sie interessiert. Ihr Siebtes-Himmel-Gesicht – hemmungsloses Grinsen und irres Augenflackern – war eine Herausforderung für jeden Schauspieler. Emma musste diese Mimik unbedingt vor dem Spiegel üben.
Jetzt merkte Iris, dass Emma sie anstarrte.
»Was ist?«
»Ich frag mich, ob alle Verliebten so gucken wie du.«

Iris wurde ein bisschen rot. »Warst du ehrlich noch nie verknallt, Emma?«
Emma schüttelte den Kopf. Das Thema wurde nicht zum ersten Mal diskutiert. Wo andere dramatische Affären und herzzerreißende Schwärmereien hatten, da konnte Emma nur einen leeren Fleck vorweisen.
»Das ist nicht normal«, fand Iris. »Vor Magnus war ich schon mindestens fünfmal verliebt.« Sie zählte auf: in der sechsten Klasse in den sommersprossigen Biolehrer, im vorigen August in den Aushilfsbriefträger (leider hatte er nie Post für Iris), an Weihnachten in den bärtigen Gruppenleiter, der die katholischen Firmlinge während eines Besinnungswochenendes betreute (er knutschte gleich mit zwei Mädchen rum), im Januar und Februar in den netten Typen vom Verkehrsverbund und vor Urururzeiten natürlich auch noch in Paddy von der *Kelly-Family.*
»Und du, Emma?«
»Nein, niemals.«
»Vielleicht hast du kein Herz?«, überlegte Iris ernsthaft. »Oder du bist – äh, wie sagt man?«, sie runzelte die Stirn, »entwicklungsverzögert!«
»Danke.« Emma war fast beleidigt.
»Hast du wirklich nie für jemanden geschwärmt?

Kein einziges Mal?«, bohrte Iris nach. »Hast du nie drauf gewartet, dass du ihn im Fernsehen siehst?«
Emma überlegte sehr gründlich. Und siehe da, sie fand endlich ein vages Echo.
»Hm ... Ich weiß nicht, ob das zählt. Es ist schon sehr lange her.«
»Schieß los. Ein Filmstar?«
»Vor vielen Jahren war da mal was ... Ich hab mich jeden Abend ganz doll drauf gefreut.«
»Ja?«
»Auf's Sandmännchen.«
Iris stürzte sich mit einem Aufschrei auf Emma. »Wie gemein! Ich erzähl dir alles und du sagst gar nichts! Na warte, jetzt kommt die Kitzelfolter!«
Emma wehrte sich. »Hör auf!«, kicherte sie. »Wenn ich doch noch nie verknallt war!«
»Ich glaub dir kein Wort!«, japste Iris und verdoppelte ihre Anstrengungen. Emma nahm ihre Kräfte zusammen und mit einigen Drehungen veränderte sich die Lage. Jetzt lag Iris auf dem Rücken, Emma kniete auf ihr und hatte sie im Schwitzkasten. »Ergib dich!«
»Hilfe!«, kreischte Iris. Sie war knallrot im Gesicht vor lauter Lachen. »Lass mich los!«
»Was krieg ich dafür?«

In diesem Augenblick kam Frau Pfeiler ins Zimmer. »Ich will ja nicht stören, aber es wird langsam Zeit, Iris.«

»Emma behauptet, sie hätte sich noch nie in einen Jungen verknallt!«, keuchte Iris, die unter Emma hervorrollte.

Emma hockte sich auf die Fersen und strich sich das Haar aus dem verschwitzten Gesicht. »Stimmt ja auch.«

Alle gleichaltrigen Jungs, die sie kannte, waren entweder unreif oder blöd. Und die Typen aus der Soap waren für Emma keine richtigen Filmschauspieler, jedenfalls keine Profis ...

»Wir müssen jetzt fahren, Iris«, sagte Frau Pfeiler. »Die Oma ist schon angezogen und wartet.«

Emma kletterte vom Sofa.

»Es ist vielleicht besser, wenn erst mal alles noch top secret bleibt«, flüsterte sie Iris zu.

»Was soll top secret bleiben?«, wiederholte Iris verständnislos.

Zu blöd, natürlich wurde Frau Pfeiler jetzt aufmerksam.

»Sind wir nicht alle *verrückt nach Liebe*?«, rief Emma theatralisch und breitete die Arme aus.

Jetzt kapierte Iris. »Klar.«

»Bitte zieh dich jetzt um, damit wir fahren kön-

nen«, drängte Frau Pfeiler. »Ich bring Emma runter.«
»Ciao, Emma!«
»Ciao, Iris!« Emma legte zum Abschied noch einmal warnend den Zeigefinger an die Lippen. Als sie merkte, dass Frau Pfeiler sie beobachtete, machte sie daraus schnell einen Luftkuss und grinste. »Also bis morgen in der Schule!«
»Bis morgen.«
Emma und Frau Pfeiler waren halb auf der Treppe, als sich Emma noch einmal umdrehte und zurückbrüllte: »Ich bin wirklich schon mächtig gespannt auf deinen neuen Wonderbra!«
Unten holte Frau Pfeiler Emmas Cape aus dem Bad. Als Emma hineinschlüpfte, guckte Iris' Mutter so eigenartig, dass sie richtig nervös wurde.
»Stimmt was nicht? Das auf meiner Stirn ist ein Kleeblatt. Vierblättrige Kleeblätter bringen nämlich Glück.«
»Natürlich«, sagte Frau Pfeiler sanft. Sie legte ihr den Arm um die Schultern und schob sie sachte in Richtung Tür. »Du weißt, du bist bei uns jederzeit willkommen, Emma.«
»Danke, find ich sehr nett«, sagte Emma und knipste an den Druckknöpfen des Capes herum.
Frau Pfeiler räusperte sich. »Hast du vielleicht

das Gefühl, dass du Mädchen mehr magst als Jungs?«

Emma starrte sie verständnislos an. »Wie meinen Sie das?« Dann wurde ihr heiß und am liebsten wäre sie vor lauter Peinlichkeit in den Boden gesunken. »Ich weiß nicht ... ich ... also, äh ... ich glaub, ich fahr jetzt lieber.«

»Falls dich die Sache belastet, solltest du mit deinen Eltern darüber reden«, schlug Frau Pfeiler vor. »Sie könnten mit dir zu einem Psychologen gehen. Denk mal drüber nach.«

»Wiedersehen«, murmelte Emma.

Dann fiel krachend die Tür hinter ihr zu.

Astern für Addolorata

»Emma!«

»Verflucht!« Emma ließ ihr Englischbuch sinken. Dreimal hatte sie schon versucht, den aufgegebenen Text durchzulesen und zu begreifen. Mr Brown (gnadenlos langweiliger Held des Englischbuchs; er musste verreisen, im Hotel frühstücken, krank werden und Geld wechseln) führte seine französischen Gäste durch London und zeigte ihnen alle Sehenswürdigkeiten. Aber Emmas Gedanken verirrten sich schon bei der Towerbridge, sprangen einfach auf einen anderen Kontinent und bewegten sich nach Hollywood, in die fantastischen Filmstudios zu den Stars.

»Look, this is Mr Costner!«

Oh yeah!

Kevin Costner würde ihr die Hand schütteln, ihr kritisch ins Gesicht gucken und sofort ihr Schauspieltalent erkennen. Er würde den Produzenten überreden, doch ein paar Probeaufnahmen von ihr zu machen.

»Emma!«

Genervt klappte Emma ihr Buch zu. Typisch! Mama zerstörte mal wieder ihre Lieblingsvorstellung. Gerade jetzt, wo sie kurz davorstand, von Hollywood entdeckt zu werden!

»Emma!«

»Ich komm ja schon!«

Dann würde Emma eben nach dem Abendessen dem Produzenten beweisen, dass sie alle anderen an die Wand spielte!

Als sie sich im Bad die Hände wusch, ahmte sie

Iris' verliebte Miene nach. Eigentlich war es ganz einfach: Schwachsinniges Grinsen und die Augen so weit wie möglich nach oben drehen ... Nur zu blöd, dass man sich im Spiegel nie richtig kontrollieren konnte. In dem Moment, in dem man prüfend guckte, guckte man prüfend – und nicht mehr verliebt!
Sie brauchte unbedingt professionellen Unterricht! Allein kam sie keinen Schritt weiter und jeder Tag war verschwendete Zeit. Emma seufzte. Sie musste endlich das Thema Schauspielunterricht zur Sprache bringen. In ihrer Hose knisterte der Zeitungsausschnitt, den sie seit zwei Wochen mit sich herumtrug.

Achtung!
Erteile Privatunterricht.
Gesang, Tanz, Schauspiel.

Sie hatte – ohne ihren richtigen Namen zu nennen – unter der angegebenen Telefonnummer angerufen und die Adresse und den Stundenpreis erfragt. Jetzt musste sie nur noch ihre Eltern überzeugen, dass sie ihr zum Geburtstag Unterrichtsstunden schenkten.

Sie hüpfte die Treppe hinunter und stürmte in die Küche. Die anderen waren schon um den Tisch herum versammelt. Papa nahm sich gerade von dem Kartoffelsalat.

»Hallo, Papp.« Emma küsste ihren Vater auf die Wange. Ein bisschen einschmeicheln konnte schließlich nichts schaden. Sie wunderte sich wieder einmal darüber, dass er nach gar nichts duftete. Andere Väter rochen nach Rasierwasser, nach Zigarettenrauch oder nach frisch gewaschener Wäsche. Papp roch noch nicht einmal nach Papp.

»Hallo, Emmerich!«, antwortete Papp gut gelaunt. »Na, wie läuft's so, Kumpel?«

»Och, ganz prima. Und selber?«

Papps Augen begannen zu glänzen.

»Wunderbar! Die Tagung war hochinteressant.

Weißt du, man nahm bisher natürlich an, dass die Luftströmung immer den Isohypsen folgt, aber ganz so einfach ist es nicht. Man muss auch die Reibung an der Erdoberfläche berücksichtigen. Aber jetzt wird's spannend. Bei geradlinigen Isobaren entstehen nämlich drei anstelle von zwei Kräften –«

Emma versuchte, ein interessiertes Gesicht zu machen. »Wirklich?«

»Die Gradientkraft, die Corioliskraft und die Reibung«, dozierte ihr Vater begeistert weiter. »Und deswegen strömt in diesem Fall die Luft über die Isobaren gegen den tieferen Luftdruck.«

»Genau«, bestätigte Emma und setzte sich. Eine unsichtbare Macht zwang ihr den Mund auseinander, hebelte ihn auf bis zur größten Ausdehnung – und GÄHN!

Papa arbeitete in einem Institut für Meteorologie. Emma hatte keine genauen Vorstellungen, was er dort tat. Sie wusste nur, dass sich das Institut mit Wetterforschung und Klimaveränderungen befasste und dass Papa oft herumreisen musste, um Wetterstationen aufzusuchen und mit anderen Leuten zu diskutieren. Beispielsweise darüber, nach wie vielen Stunden das Wetter in Frankfurt genauso schlecht war wie in Hamburg.

Sven sagte immer, Papa würde sich mit dem Schnee von gestern und dem Regen von übermorgen beschäftigen, aber Papa behauptete, sein Beruf sei viel komplizierter.

»Heute Nachmittag hat ein Referent über die isallobarische Windkomponente berichtet«, fuhr er jetzt fort. »Gibst du mir bitte mal die Tomaten, Sven? Danke. Diese Komponente ist um so größer, je dichter die Isallobaren –«

Emma fühlte schon wieder ein Ziehen in den Mundwinkeln. Es war jedes Mal dasselbe. Ob Elternabend, Geburtstagsfest oder ganz normales Abendessen – sobald Papa erzählte, bekam man unweigerlich einen Gähnanfall.

»Papp, bald hab ich Geburtstag«, unterbrach ihn Emma. »Und ich wünsche mir –«

»Eine Party«, fiel ihr Mama ins Wort. »Emma will eine Party geben. Ohne Jungs. Das war ihre Idee. Im Prinzip hätte ich nichts dagegen, aber natürlich ist es mir auch recht, wenn Emma –«

»Papp, aber außer der Party wünsche ich mir –«

»Manuel aus meiner Klasse behauptet, dass seine Eltern dreimal in der Woche miteinander schlafen«, quäkte Sven dazwischen. »Olivers Eltern machen es gar nicht mehr, weil Olivers Vater Medikamente gegen hohen Blutdruck nimmt und davon impotent ist. Wie oft tut ihr es eigentlich?«

Mama errötete. »Ich glaub nicht, dass du das unbedingt wissen musst.«

»Ich steh aber total blöd da, wenn ich nicht mitreden kann«, bohrte Sven nach. »Hat Papa auch hohen Blutdruck?«

»Eher zu niedrigen. Nimm doch schon mal von dem Kartoffelsalat«, lenkte Mama ab. »Emma, kannst du Sven die Schüssel rüberreichen?«

Emma fing geistesabwesend an, auf Svens Teller Kartoffelsalat zu häufen. »Ihr wisst doch nie, was ihr mir schenken sollt, und diesmal hätte ich eine prima Idee …«

»Keine Tomaten«, quietschte Sven. »Ich hasse Tomaten! Also wie oft?«

»Das ist völlig unterschiedlich.« Mama wurde noch röter im Gesicht und warf Papa einen Blick zu.

Sven fing an zu lachen. »Ihr tut es also tatsächlich noch?«

»Also wirklich, Sven, jetzt reicht es«, sagte Mama energisch. Sie nahm Emma die Schüssel ab und bugsierte zwei Tomatenstücke auf Svens Teller. »Tomaten sind sehr gesund und du wirst sie essen«, sagte sie im Befehlston. »All die Vitamine und Ballaststoffe. Das braucht der Körper, gerade wenn er im Wachsen ist.«

»Haben Wachsen und Wichsen eigentlich den gleichen Wortstamm?«

»DARF ICH GEFÄLLIGST AUCH MAL WAS SAGEN?«, brüllte Emma. »Ich wünsche mir zum Geburtstag richtigen Schauspielunterricht, VERDAMMT NOCH MAL!«

Ein paar Sekunden lang war es mucksmäuschenstill.

»Du willst also Schauspielunterricht«, wiederholte Papa dann.

Emma zerrte den Zeitungsausschnitt aus ihrer Hosentasche und legte ihn auf den Tisch.

»Hier. Den Unterricht gibt eine gewisse Stefanie Weber-Blömcke. Sie ist ehemalige Schauspielerin und die Stunde kostet bei ihr fünfundfünfzig Mark.«

»Fünfundfünfzig Mark«, echote Papa. »Ich hab noch nie etwas von einer Schauspielerin namens Stefanie Weber-Blömcke gehört.«

Das besagte gar nichts. Papa hatte todsicher auch noch nie etwas von Julia Roberts, Brad Pitt, Richard Gere oder Kevin Kline gehört. Demi Moore würde er für die Briefträgerin halten und er würde sich auch nicht im Geringsten darüber wundern, wenn Leonardo DiCaprio zum Stromablesen ins Haus käme.

»Warum will Emma eigentlich keine Jungs bei ihrer Geburtstagsparty haben?«, hakte Sven nach. »Ist sie lesbisch?«

»Sei still«, wies Mama ihn zurecht. »Emma kann ihren Geburtstag feiern, wie sie will.«

Papa rechnete. »Fünfundfünfzig Mark für eine Unterrichtsstunde finde ich aber reichlich teuer. Wenn man bedenkt, dass die Schauspielerin unbekannt ist!«

Typisch Papp – keine Ahnung! Eine Handwerkerstunde kostete noch viel mehr, selbst wenn der Klempner noch nie im Fernsehen aufgetreten war.

Autoreparaturen oder ein kaputter Videorecorder verschlangen Riesensummen. Bloß bei der Tochter wurde gegeizt!

Emma spürte, wie sie sich aufregte. »Ich will auch sonst nichts zum Geburtstag!«

»Wir müssen drüber nachdenken«, antwortete Mama.

Das konnte alles oder nichts heißen. Emma presste die Lippen zusammen und stocherte im Kartoffelsalat. Da ging vielleicht die Chance ihres Lebens dahin, nur weil die Eltern obergeizig waren!

Sie schluckte. Claudia hatte ihr vor einiger Zeit einmal ein Buch gegeben, das sich mit dem Thema Wiedergeburt beschäftigte. Es hieß, dass niemand seinem Schicksal entgehen konnte, weder in einem früheren Leben noch im jetzigen. Und Emma war es offenbar vorherbestimmt, dass sie hart unter dem Geiz ihrer Eltern leiden musste. Jetzt und früher. Seit Emma Claudias absonderliches Buch gelesen hatte, war sie überzeugt, dass sie schon einmal gelebt hatte. Und zwar im Mittelalter. Als Nonne. Die hartherzigen Eltern hatten sie ins Kloster gesteckt, um sich die Mitgift für ihre Tochter zu sparen.

»Im Kloster ist Emma wenigstens versorgt und es kostet uns keinen Taler extra, haha.«

»Aber lieber Vater, liebe Mutter! Ich bin zu jung, um der Welt zu entsagen! Ich bin euer eigen Fleisch und Blut! Habt Mitleid!«

Doch die Eltern waren stocktaub für Emmas Flehen gewesen.

So hatte Emma vor 600 Jahren mit schwerem Herzen den Schleier genommen und war Schwester Addolorata geworden. Sorgfältig hatte sie sich um den kleinen Klosterkräutergarten gekümmert (besonders um die Giftpflanzen) und war im blühenden Alter von neunundzwanzig Jahren an einem Blutsturz gestorben. Selbst die strenge Äbtissin Hildegund hatte bei ihrem Tod Tränen vergossen und ihr Astern ins Grab geworfen …

Emma sah den Kartoffelsalat nur noch verschwommen. Wenn sie sich die arme Nonne Addolorata vorstellte, war sie immer gerührt. Verglichen mit ihr hatte Emma es heute relativ gut – aber das war keine Entschuldigung, dass man ihr den Schauspielunterricht vorenthielt!

»Das Geld ist bestimmt nicht rausgeworfen«, wagte sie einen neuen Angriff. »Nur ein paar Stunden, bitte! Ich werde auch bis zum Umfallen üben.«

»Mir wär es lieber, du würdest deine Englischvokabeln bis zum Umfallen üben«, meinte Mama.

»In der letzten Arbeit hatte ich doch 'ne Eins«, brachte Emma in Erinnerung. Die Eltern neigten dazu, Glanzleistungen rasch zu vergessen.

»Zehn Stunden könnten wir dir vielleicht schenken«, sagte Papa bedächtig. »Wenn du es dir wirklich so sehr wünschst.«

»WowWahnsinnPapp!« Emma stieß einen Freudenschrei aus, flog ihrem Vater an den Hals und gab ihm links und rechts einen Kartoffelsalatmayonnaise-Schmatz.

Papp blinzelte zufrieden. »Können wir jetzt in Ruhe weiteressen?«

Aber da plapperte Sven schon wieder dazwischen.

»Muss man mit fünfzehn unbedingt Petting machen oder kann man das einfach auslassen?«, wollte er wissen und seine Brillengläser blitzten.

»Dieser Bruder bringt mich noch ins Grab«, stöhnte Emma.

»Ich mag lieber Pudding als Petting«, stellte Sven fest. »Ich werde nie einem Mädchen einen Zungenkuss geben. Und zu meinem nächsten Geburtstag will ich die teuren Inline-Skates, wenn Emma Schauspielunterricht kriegt.«

»Ach übrigens, Stichwort Geburtstagsparty – dazu ist mir eine Idee gekommen«, begann Mama. »Das heißt, eigentlich stammt die Idee von Claudia.«

Emma schnappte nach Luft. Was kam jetzt? Seit ihrer Scheidung war Claudia voll auf dem Esoterik-Trip. Sie warf mit Runenstäbchen, wenn sie Entscheidungen treffen musste, pendelte über dem Kalender die günstigsten Tage aus und trug neuerdings ein Amulett, das sie vor unerwünschten Anmachversuchen schützen sollte.
Emma hatte keine Lust, dass ihre Geburtstagsfeier zu einer Art Walpurgisfest wurde.
»Mama, bitte, ich hab doch gesagt, es ist *meine* Party!«
»Wer redet denn von dir?«, fragte Mama verwundert. »Claudia und ich haben vor, einen Partyservice zu gründen. Claudia will beruflich wieder einsteigen und eigentlich suche ich auch einen Job … Ich glaub, das wär das Richtige, denn Feste organisieren hat uns ja schon immer viel Spaß gemacht.«
Emma verzog gequält das Gesicht. Von Claudias und Mamas Organisationstalent konnte sie ein Lied singen. Und jetzt noch ein Partyservice! Ständig würden Leute anrufen und sagen: »Wir wollen heiraten. Können Sie unsere Hochzeit nett gestalten? Bitte vegetarisch mit viel Karaoke, der Pfarrer ist auch eingeladen und zum Abschluss für alle Cappuccino und Eis.«

»Meine liebe Emma«, unterbrach Mama Emmas Horrorfantasien, »kannst du dir vielleicht vorstellen, dass es mich nicht sonderlich ausfüllt, euch dauernd den Dreck hinterherzuräumen? Statt immer nur Betten aufzuschütteln, mache ich mich viel lieber selbständig. Und ein Partyservice ist genau das, wozu ich schon immer Lust hatte.«

Arme Addolorata – bleib ruhig! Am Ende fiel es Mama noch ein, Emma als Bedienung einzusetzen!

Na bitte, da kam es schon!

»Vielleicht kannst du uns ja ab und zu helfen, ein bisschen servieren oder das kalte Büffet herrichten«, schlug Mama vor. »Oder an Kindergeburtstagen den Clown spielen, jonglieren oder Handstand machen und so.«

O ja. Emma konnte sich nichts Schöneres vorstellen. Vielleicht konnte sie auch gelegentlich als Ersatz-Brautjungfer auftreten oder sich als Partyservice-Gehilfin die Finger wund spülen oder, oder, oder! Irgendwelche niederen Arbeiten ließen sich immer finden für eine unfreiwillig wiedergeborene Nonne!

»Natürlich nicht umsonst«, lockte Mama. »Ein bisschen Geld zusätzlich wär doch nicht schlecht, oder?«

Zusätzliches Geld war nie schlecht. Davon konnte man zum Beispiel weiteren Schauspielunterricht bezahlen ... Emmas Ablehnung geriet ins Wanken. Vielleicht war Mamas Idee doch nicht so übel.

»Ausbeuten lass ich mich aber nicht, das sag ich dir gleich!«

»Ich will auch Geld verdienen«, verlangte Sven.

»Ab und zu gibt es bestimmt auch was für dich zu tun«, versprach Mama. Dann schaute sie fragend zu Papp. Der schien mit den Gedanken ganz weit weg zu sein.

»Hast du mir überhaupt zugehört, Joachim?«

»Natürlich, Julia. Tu ruhig, was dir Spaß macht. Weißt du, ich habe gerade an zyklostrophische Zirkulationssysteme in der Atmosphäre gedacht. Wenn man sich vorstellt, dass der Krümmungsradius sehr klein und die Windgeschwindigkeit sehr groß ist, muss notwendigerweise die Zentrifugalkraft bedeutend größer sein als die Corioliskraft.« Papa sah so stolz aus, als hätte er eben den Nobelpreis bekommen.

Mama gähnte verstohlen. Emma fühlte, wie das Gähnen sie ansteckte. Sie schob den Teller beiseite und stand auf.

»Ich geh schon mal hoch.«

»Ist gut«, sagte Mama und blinzelte ihr mit schweren Lidern zu. »Nimm dir aber noch eine Banane, du weißt, der Körper braucht Magnesium …«

Claudia hatte schon einmal vorgeschlagen, Papa sollte doch im Krankenhaus arbeiten. Seine betäubende Wirkung würde sich besonders gut bei Operationen entfalten.

Aber Papa konnte nichts dafür. Er war eben so.

»Trantütenpapp«, dachte Emma zärtlich, als sie, eine Banane in der Hand, die Treppe zu ihrem Zimmer hochging. Ob er früher schon so gewesen war? Wie hatte sich Mama dann in ihn verliebt? Beim Verlieben musste man doch wach bleiben! Man musste den anderen anlächeln und ihm lange in die Augen gucken. Wenn es einem dabei die Lider runterzog, war die ganze Wirkung futsch!

Und wie hatten die Eltern es geschafft, dass Kinder entstanden waren? *Stopp, Nina Roberta D'Avolo*! Es ging nur um Sven!

Die Müdigkeit wäre eine Erklärung für Mamas lange Unfruchtbarkeit. Emma grinste. Na klar, dass sie nicht schon vorher darauf gekommen war! Mama schlief immer zu früh ein. Deswegen hatten die Eltern Nina-Emma adoptieren müssen. Weil aber Babypflege abhärtet, blieb Mama später gerade lange genug wach, damit Sven entstehen konnte!

Emma war sehr mit sich zufrieden, weil sie die Antwort gefunden hatte. Doch ihre Zufriedenheit war ruckzuck verflogen, als sie auf den Schreibtisch schaute. Diese elende Lernerei! Sie überlegte. War irgendwo mit einer unangekündigten Arbeit zu rechnen? Wann hatten die Lehrer sie zuletzt abgefragt? Emma beschloss großzügig, dass ein bisschen Risiko zum Leben gehörte. Sie stopfte Hefte und Schulbücher in die Tasche. Nur um das doofe Gedicht in Deutsch kam sie nicht herum, aber zum Glück fiel ihr das Auswendiglernen ziemlich leicht.
Emma las sich den Text zweimal durch und vertraute dann auf ihr geniales Gedächtnis (das sie nur an Regentagen im Stich ließ oder bei Nebel, Menstruation und erhöhten Ozonwerten). Kaum hatte sie ihre Schultasche zugeklappt, stürmte Sven ins Zimmer und baute sich vor ihr auf. »Ich weiß jetzt, warum du ohne Jungs feiern willst! Es gibt Frühentwickler und Spätentwickler«, zitierte er, holte ein Buch unter dem Arm hervor und schlug es auf. »Du gehörst wahrscheinlich zu den Spätentwicklern. Aber das macht nichts, hier steht, dass du als Erwachsener trotzdem ein erfülltes Sexualleben haben kannst.«
Er hielt ihr das Buch unter die Nase. Emma be-

trachtete die Zeichnungen auf der Seite – einen sehr nackten und sehr munteren Opa und eine ebenso muntere und entblößte Oma. Emma verdrehte die Augen und ächzte.

»Hendrik hat mir gesagt, dass er dich gut findet«, fuhr Sven fort.

»Na und?«, gab Emma zurück. »Das ist mir so was von egal!«

Sven stand da wie eine Comicfigur: Mit seiner Hühnerbrust, den dürren Armen und Beinen und den ewig neugierigen, blassblauen Augen war er wirklich keine Schönheit. Das dunkle Haar ließ sich nie zu einer richtigen Frisur formen, mochte man auch noch so viel Gel, Spray oder sonst was verwenden.

»Hendrik wollte wissen, was er dir zum Geburtstag schenken soll.«

»Und da hat er ausgerechnet dich Schimpansenlehrling gefragt?«, spottete Emma.

»Er ist nämlich in dich verknallt«, betonte Sven und sah Emma ernsthaft an.

»Ich wünsche mir ein Teleskop«, sagte Emma, ohne zu zögern. »Mit mindestens drei verschiedenen Okkularen, Mondfilter und Sternatlas. Aber du kannst Hendrik gleich ausrichten, dass ich ihn trotzdem nicht küssen werde.«

Das ist ihm viel zu teuer und dann lässt er mich endlich in Ruhe!
Sven zog ab.
Emma hockte sich aufs Bett. Sie stützte den Kopf in die Hände und starrte mit großen Augen ins Leere. Sie wurde dreizehn! Was würde wohl alles passieren? Dreizehn war eine magische Zahl, behauptete jedenfalls Claudia. Vielleicht würde jemand Emma endlich entdecken, einfach so, auf dem Weg zur Schule, und direkt von der Fußgängerampel ins Filmstudio entführen! Emma schälte gedankenverloren ihre Banane. Ganz klar, mit dreizehn begann ihre große Karriere. Sie bekam endlich Schauspielunterricht!
Emma stand auf und trat vor den Spiegel. Sie nahm ihren breitkrempigen Strohhut mit den großen roten Mohnblumen vom Haken, setzte ihn auf, stemmte die Hände in die Hüften und machte einen Schmollmund.
Wem sah sie ähnlich? *Nina Roberta D'Avolo, wer ist wohl dein richtiger Vater?*
Vielleicht Richard Gere? Oder Sean Connery? Möglicherweise Kevin Costner? Oder Gerard Depardieu? (Wenn ja, was für ein Glück, dass Emma nicht die große Nase geerbt hatte!)
Eines Tages würde Emma die Wahrheit erfahren.

Spätestens an ihrem achtzehnten Geburtstag. Dann musste Mama endlich mit dem Versteckspiel aufhören.
»Hör zu, mein Kind, Papp und ich sind nicht deine leiblichen Eltern.«
»Das weiß ich längst«, würde Emma ganz cool antworten.
Mama verschlug es daraufhin natürlich erst einmal die Sprache. Doch dann würde Sophia erscheinen und das Geheimnis um die Vaterschaft lüften.
Emma stellte sich die Szene vor: Sie lehnte entspannt an ihrem berühmten Dalmatiner-Flügel (das Instrument war weiß mit großen schwarzen Flecken). Während Elton John für Emma eine speziell komponierte Geburtstagsballade (SWEET EIGHTEEN AND NUMBER ONE) klimperte, würde sie lässig im Scheinwerferlicht stehen. Die Spannung stieg, der purpurrote Vorhang, hinter dem ihr Vater stand, bewegte sich sachte, schließlich ein Trommelwirbel und –
Emma seufzte tief.
Es war jedes Mal dasselbe. An dieser Stelle konnte sie sich nie entscheiden, wer hinter dem Vorhang hervorkommen sollte. Vielleicht sollte der Vater doch lieber geheim bleiben!

Emma warf den Hut auf den Boden und kehrte auf ihr Bett zurück. Nachdenklich kaute sie auf einer Haarsträhne herum. Sie dachte an Iris und an Frau Pfeiler. Warum erwartete alle Welt bloß von ihr, dass sie sich auf einmal für Jungs interessierte? Liebe war doch bei der Karriere nur hinderlich, man wurde unkonzentriert und hatte keinen klaren Kopf mehr. Dafür gab's in der Filmbranche jede Menge Beispiele: Julia Roberts hatte kurz vor der Hochzeit das Handtuch geschmissen, weil sie als Verlobte keine guten Rollen bekam; Richard Gere war mit seinem Fotomodell schon längst nicht mehr megahappy und landete seitdem nur noch Flops; ganz zu schweigen von Elizabeth Taylor mit ihren sieben oder acht Ehen …

Nein, den Fehler wollte Emma keinesfalls machen!

Allerdings war das mit der Liebe so eine Sache. Sie überfiel einen wie eine Krankheit. Zum Beispiel wie Windpocken. Die kriegte man normalerweise im Kindergarten. (Kriegte man sie später, desto schlimmer und heftiger waren sie!) Mit der Liebe verhielt es sich ähnlich. Die erste Liebe erwischte einen gewöhnlich in Emmas Alter! Demjenigen, den die Liebe erst mit vierzig überkam, gnade Gott!

Aber vielleicht gab es ja auch Menschen, die gegen die Liebe völlig immun waren. Möglicherweise konnte man sich eines Tages sogar dagegen impfen lassen.
Emma stellte sich sofort Mama beim Kinderarzt vor, auf dem Arm das knuddelige Emma-Baby.
»Bitte einmal impfen gegen Masern, Mumps und Röteln. Und jetzt noch einen kleinen Piks gegen die Liebe. Ich will nämlich nicht, dass das Mädchen mal unglücklich wird. – Danke, Herr Doktor!«

Herzschmerz für Hendrik

»Herzlichen Glückwunsch, Emma!«
Vor der Haustür stand Hendrik. In den Händen hielt er ein buntes Paket und auf seinem breiten Gesicht lag das dümmliche Grinsen, das Emma eines Tages noch in den Wahnsinn treiben würde.
»Hallo, Hendrik«, sagte Emma ohne Begeisterung. Verdammt, heute herrschte hier doch absolutes

Jungenverbot! Am liebsten hätte sie ihm die Tür vor der Nase zugeknallt. Aber Claudia saß drinnen bei Mama im Wohnzimmer und legte Tarotkarten. Hendrik würde möglicherweise um Hilfe plärren, das wusste man im Voraus nie so genau.

»Ich wollte dir nur gratulieren«, stammelte Hendrik verlegen. Er drückte Emma das große Paket in die Arme. »Hier, das ist für dich.«

»Für mich?«, wiederholte Emma überrascht. Zuerst wollte sie das Geschenk ablehnen, aber dann siegte die natürliche Habgier. *Super, so eine große Schachtel! Was ist da wohl drin? Pack aus, pack aus!*

»Es ist ein Mikroskop«, sagte Hendrik stolz. »Sven hat mir verraten, dass du dir so was wünschst.«

»Tele-, nicht Mikroskop«, stellte Emma richtig.

»Gibt's da einen Unterschied?«, fragte Hendrik arglos.

»Kaum«, antwortete Emma und nahm sich vor, nur einen Mann zu heiraten, der einen Intelligenzquotienten von mindestens hundertachtzig hatte.

»Damit kannst du Fliegenbeine in hundertfacher Vergrößerung angucken«, ereiferte sich Hendrik.

»Wie nett.«

»Man kann auch Haare anschauen. Oder Staubflusen. Das ist total interessant. In einer Fluse sind nämlich lauter kleine Hausmilben drin, die siehst du dann rumkrabbeln, riesig dicke Monster ...«

Emma hatte weder Lust auf haarige Fliegenbeine noch auf Milbenmonster. Wie wurde sie Hendrik nur wieder los? Er hatte auf ihrer Party nichts verloren. Aber wie setzte man jemanden vor die Tür, der mit einem so teuren Geschenk ankam? Hendrik erwartete wahrscheinlich einen Dankbarkeitskuss. Hilfe!

»Freust du dich?«, bohrte Hendrik nach.

»Klar.« *Lügen haben Fliegenbeine!* Emma musste dauernd auf Hendriks Mund schauen. Es war schon richtig zwanghaft.

»Also jedenfalls – noch mal alles Gute«, stotterte Hendrik. Emmas Starren machte ihn so nervös, dass er seine Lippen anfeuchtete. Emma zuckte zurück.

»Willst du denn nicht –«

»NEIN!«

»– das Mikroskop a-auspacken?«

Emma schluckte. Sven! Er hatte ihr die Sache eingebrockt, also musste er ihr auch helfen.

»Sven ist bestimmt ganz begeistert«, sagte sie schnell. »Er steht voll auf Fliegenbeine!«

Sie drückte Hendrik das Paket wieder in die Arme und schob ihn in Richtung Treppe. »Geh doch rauf

zu ihm, dann könnt ihr das Mikroskop gleich ausprobieren.«
Hendriks Blick verirrte sich in Emmas Ausschnitt.
»Das Dingsda, äh ... dein Kleid steht dir aber gut!«
Nervös griff Emma nach ihrem fedrigen Schal, der wieder mal nicht dort war, wo er hätte sein sollen. Das Kleid, das sie trug, stammte noch aus Mamas Abiturzeiten. Es war tief ausgeschnitten (Mama: »Ich war unsterblich in meinen Mathelehrer verliebt!«). Emma hatte noch eine violette Federboa gefunden, die sich um Hals und Dekolleté ringelte. Sven hatte das Teil spöttisch Schlüsselbein-Girlande genannt. Leider verrutschte die Federboa immer, deshalb hatte Emma schon daran gedacht, sie mit Klebstreifen auf die Haut zu pappen.
Auf der untersten Treppenstufe drehte sich Hendrik noch einmal um.
»Darf ich nachher mitspielen?«
Dieser Dackelblick!
»Wir spielen nicht«, klärte Emma ihn auf. »Es ist eine Klamottenparty.« Sie holte tief Luft. »Only Girls. Wir feiern im Keller.«
»Und bei den Partyspielen? Später?« Hendrik war hartnäckig.

»Vielleicht«, wich Emma aus. »Da muss ich erst die anderen fragen.«
Hendrik gab sich zufrieden und verzog sich nach oben zu Sven, um mit ihm Fliegen zu fangen und nach Staubflusen unterm Bett zu jagen. Emma dagegen stiefelte wieder in den Keller und raffte dabei ihr langes Kleid, um nicht auf den Saum zu treten.
Unten im Hobbyraum wurde sie von Iris und Lena empfangen. Die beiden waren bisher die einzigen Gäste, obwohl Emma neun Mädchen eingeladen hatte.
»Wer ist gekommen?«, wollte Iris wissen.
»Hendrik.«
Lena stöhnte. »O no!«
»Leider o doch. Aber keine Sorge, Hendrik und Sven sind momentan damit beschäftigt, sich gegenseitig Haare auszureißen.«
Iris und Lena fanden auch, dies sei der richtige Zeitvertreib für unreife Jungs.
»Ich möchte wissen, warum die anderen nicht kommen«, meinte Emma ungeduldig. Grimmig blickte sie sich um. Sie hatte sich so viel Mühe gegeben! Aus alten Matratzen waren kuschelige Sofas geworden. Die Werkbank war zum kalten Büffet umgebaut: Brezeln und Popcorn statt Ho-

belspäne und Stahlnägel. Auf dem Wandregal Flaschen mit alkoholfreien Getränken statt Autolack und Farbdosen. Außerdem war es unglaublich viel Arbeit gewesen, den Raum spinnwebenfrei zu machen!

Und nun ließen die Gäste Emma einfach im Stich. Schon vor einer guten Stunde hatte die Party angefangen. Von leichter Verspätung konnte keine Rede mehr sein.

»Ich ruf jetzt an«, entschied Emma. »Ich will wissen, was los ist.«

Iris und Lena folgten Emma ins Erdgeschoss. Im Wohnzimmer saßen Mama und Claudia bei einem Glas Sekt und hechelten wieder einmal Claudias Ex durch. Emma schnappte sich das Telefon, zog es hinaus auf den Flur und wählte Jennys Nummer. Sie erfuhr, dass Jenny zum Handballtraining gegangen war und hinterher wahrscheinlich keinen Bock mehr auf eine Party hätte.

»Das hätte sie sich auch früher überlegen können«, meckerte Emma, während sie schon die Nummer von Christine wählte. »Zu mir hat Jenny gesagt, dass sie keinen Bock auf Training hat. – Hallo, hier ist Emma. Ist Christine da?«

Sie lauschte, verzog das Gesicht, murmelte »Danke« und legte auf.

»Was ist los?«, fragte Iris.
»Christine ist bei ihrem Freund«, antwortete Emma.
Iris und Lena guckten sich an. »Bei welchem?«
»Keine Ahnung«, sagte Emma, die bereits wieder im Telefonbuch blätterte. Bei Sarah war niemand zu Hause. Melanie gestand, dass sie den Termin völlig verschwitzt habe, aber noch kommen würde. Bei Pia hob ebenfalls keiner ab. Gloria und Bianca, die Zwillinge, waren noch nicht vom Kino zurück, würden sich aber vielleicht noch melden.
»So ein treuloses Tomatenketschup!«, schnaubte Emma, nachdem sie den Hörer aufgelegt hatte. »Dann feiern wir eben ohne die blöde Bande. Gefeiert wird! Die verpassen was. Selbst dran schuld!«
»Bist du enttäuscht?«, fragte Iris.
»Ach was«, log Emma. Natürlich war sie sauer. Sogar regelrecht beleidigt, weil die Gäste es nicht einmal für nötig hielten abzusagen. Damit gaben sie ihr zu verstehen, dass sie ihre Party nicht gerade für ein weltbewegendes Ereignis hielten. So was tat weh.
»Vielleicht hättest du doch Jungs einladen sollen«, meinte Lena. »Dann wären möglicherweise mehr –«

Emma warf ihr einen eisigen Blick zu, der sie zum Schweigen brachte.
»Wir werden uns trotzdem amüsieren«, versprühte Iris betont gute Laune. »Es wird die tollste Klamottenparty des Jahres, die schrillste Girlschau, die sagenhafteste Fete …«
»Ach, halt endlich den Mund«, knurrte Emma. »Du musst mich nicht trösten.«
»Dann eben nicht.« Jetzt war Iris eingeschnappt.
»Ein paar Fotos können wir wenigstens machen«, schlug Lena vor. »Wozu hab ich mich so aufgebrezelt?« Sie trug Netzstrümpfe, Minirock und ein schwarzes Bustier. Iris hatte einen weißen Spitzenbody an. Darüber trug sie einen weiten Rock, der fast bis zu den Füßen reichte. Sie hatte die Seitennähte aufgetrennt und so sah man die langen, bauschigen Unterhosen: die Unaussprechlichen. Sie endeten knapp über dem Knöchel mit einer Rüsche.
»Wirklich schick, was die Uromis früher so anhatten«, sagte Lena neidisch.
Emma gab sich innerlich einen Ruck. Ein paar Erinnerungsfotos mussten wirklich sein. Sie rannte in ihr Zimmer, um den Fotoapparat zu holen. Als sie damit in den Keller zurückkam, hatte sich Iris schon in Positur gesetzt.

»Stillhalten!«, verlangte Emma und kniete sich auf den Boden. »Ich krieg sonst die Unaussprechlichen nicht drauf.«
»So gut?« Iris schlug die Beine lässig übereinander.
Emma rutschte weiter herum. »Verflixt, ich kann machen, was ich will, ich schneide dir immer den Kopf ab.«
»Kopf ist nicht so wichtig«, behauptete Iris. »Hauptsache, die Klamotten sind drauf!«
»Kopf ist für Frauen total wichtig«, widersprach Emma, die inzwischen flach auf dem Rücken lag. »In welchem Jahrhundert lebst du denn. Jetzt hab ich's gleich.« Es blitzte.
»Und jetzt ich«, verlangte Lena. »Meine Tattoos müssen unbedingt drauf.« Sie reckte den nackten Bauch vor. Neben dem Nabel tummelten sich drei schwarzrote Spinnen.
»Sag den Spinnen, sie sollen lächeln«, befahl Emma und drückte ab. »So ein Job als Fotograf wär nichts für mich.«
»Na klar, du stehst lieber vor der Kamera als dahinter«, meinte Iris. »Lena, weißt du schon, dass Emma Schauspielunterricht kriegt? Zehn Stunden. Montag geht's los.«
»Ehrlich?«, fragte Lena. »Toll. Versprich, dass du

uns dann alle Tricks beibringst. Ich möchte schwindeln können, ohne rot zu werden.«

»Erst muss ich es mal selbst lernen«, gab Emma zurück. Iris zielte jetzt mit dem Fotoapparat auf sie und Emma stellte sich so hin, wie sie es vor dem Schlafzimmerspiegel geübt hatte – ganz erfolgreiche Filmdiva, lässig eine Hand in die Hüfte gestemmt. Nur die dekorative Zigarettenspitze fehlte, aber Emma hatte sich geschworen, niemals mit dem Rauchen (und dem Küssen und der Kreuzstickerei) anzufangen.

»Schau nicht so überheblich«, kommandierte Iris. »Sag ›cheese‹! Nur ein bisschen, komm schon!«

Aber Emma-Nina Roberta D'Avolo, gefeierter Hollywoodstar, Überlebende von drei gescheiterten Ehen, alle Filme Kassenschlager, auf der Höhe des Ruhms, blickte cool in das Presseblitzlicht, ohne eine Miene zu verziehen. Autogrammjäger, Sensationsreporter, Filmkritiker – nichts und niemand konnte sie mehr erschüttern. Sie hatte das geschafft, wovon andere nur träumten, und war ein Megastar geworden …

»Geht nicht mehr«, stellte Iris fest, nachdem sie ein paarmal vergeblich auf den Auslöser gedrückt hatte. »Der Film ist voll.«

»Auch gut«, rief Emma und verwandelte sich vom Megastar in Normal-Emma zurück. »Dann machen wir endlich Musik.« Sie schob eine CD in den tragbaren Player und drehte den Lautstärkeregler hoch. »Aufgepasst, Leute, hier kommen die ultimativen Partysongs!«

Die Bässe dröhnten, dass die Kellerwände zitterten. Emma tanzte wild eine Art Aerobic-Tango, aber ihre Federboa vertrug das heftige Gehopse nicht, sondern löste sich langsam auf. Iris griff begeistert nach den winzigen Federstückchen, die durch die Luft segelten.

»Oh, schau mal, lila Schneeflocken!«

Sie musste schreien, um sich verständlich zu machen. Dadurch kam Emma auf die Idee, alle sollten Playback singen.

»Los, wir machen einen Wettbewerb!«

Leider war es unmöglich, eine Siegerin zu bestimmen, weil alle Jurymitglieder zugleich Konkurrentinnen waren.

»Wir sind die drei besten«, fand Iris.

»Ich bin besser«, behauptete Lena.

Emma runzelte die Stirn. War doch sonnenklar,

dass sie selber die Beste war. Leider checkten das die beiden anderen nicht. Emma verlor mit einem Mal alle Lust und warf sich niedergeschlagen auf ein Matratzensofa. Zu dritt konnte man so wenig anfangen. Richtige Partyspiele funktionierten erst, wenn die Bude voll war.

Iris hockte sich neben Emma und fragte mitfühlend: »Partydepression?«

»Hach, mach dich auch noch lustig«, maulte Emma. »Das hab ich mir wirklich zu meinem Dreizehnten gewünscht.«

Aber es half nichts. Iris hatte ja irgendwie Recht. Heute sollte eine tolle Fete steigen und stattdessen breitete sich Langweile aus – tiefe, öde Langeweile!

Und ausgerechnet jetzt kam Mama rein!

»Ich will nur fragen, ob ihr noch genügend Getränke und Knabberzeug habt«, trällerte sie. Dann merkte sie, dass die Stimmung auf Null gesunken war.

»Och, ihr armen Schätzchen«, sagte Mama bedauernd. »Wenn ich das gewusst hätte! Wir hätten doch ins Kino oder zu MacDonald's gehen sollen.«

Emma warf ihr einen Mörderblick zu. *Wehe, wenn du jetzt noch mit Fingerfarben anfängst …*

»Wollt ihr nicht lieber raufkommen und ein Video angucken?«, schlug Mama vor.
Das war zwar nicht die originellste Idee, aber besser als nichts. Das Trio wanderte nach oben ins Wohnzimmer. Emma wühlte in den Videokassetten und nach kurzer Diskussion beschlossen sie, *Ein Fisch namens Wanda* anzuschauen.
Kaum hatte Emma die Kassette eingelegt, tauchte Hendrik auf. Er musste es gerochen haben.
»Deine Mutter hat gesagt, ich kann mitgucken.«
Emma seufzte, als sich Hendrik neben sie auf den Fußboden hockte. Er störte ihren Filmgenuss ganz entschieden!
Hendrik rückte so nah an sie ran, dass sie seinen Atem an ihrem Ohr spürte.
»Willst du das Mikroskop mal anschauen?«
»Jetzt nicht, Hendrik, später.«
Er tastete nach ihrer Hand. Emma zog sie ärgerlich weg. Sie wollte sich doch auf den Film konzentrieren. Jamie Lee Curtis war ihre Lieblingsschauspielerin – frech und umwerfend schlagfertig! Sie ließ sich niemals aus der Fassung bringen.
»Sven hat so tolle Bücher«, flüsterte Hendrik.
»Tolle Bücher?« Emma kapierte nicht gleich. Sven las eigentlich nicht viel. Sie hatte viel mehr Bücher, ungefähr drei Regalmeter voll. Ihr ganzer

Stolz war das zehnbändige Filmlexikon, das sie zu Weihnachten bekommen hatte.

»Na ja, da steht alles drin«, wisperte Hendrik weiter.

Erst als Emma seine glänzenden Augen sah, kapierte sie, wovon er redete. Er meinte Svennies Aufklärungsbücher!

»Es gibt da wahnsinnige Sachen ...«

Er rückte noch näher. Emma rutschte weiter nach rechts. Leider war da die Wand.

»Ich hab nicht gewusst, dass man so viel –«

»Schschsch«, machte Emma. »Halt endlich mal die Klappe. Ich versteh gar nichts!«

Hendrik ging wieder ein Stück auf Abstand. Emma beobachtete ihn aus den Augenwinkeln. Auch egal, wenn er beleidigt war!

Gerade als Otto im Film den ersten Fisch verspeiste, läutete es an der Tür und Melanie tauchte auf. Sie trug ein knallrotes Mieder von ihrer Mutter und darüber Jogginghosen.

»Wir schauen uns *Ein Fisch namens Wanda* an«, erklärte Emma.

Melanie folgte ihr ins Wohnzimmer. Als sie Hendrik entdeckte, stutzte sie. »Was denn?«, fragte sie erstaunt. »Ich dachte, es kommen keine Jungs.«

»Hendrik zählt nicht«, antwortete Lena. »Der

gehört sozusagen zur Familie. Oder etwa nicht, Hendrik?«

Hendrik wurde knallrot wie Melanies Mieder und sagte keinen Ton. Melanie hockte sich zu den anderen auf den Boden. Sobald sie die Schultern bewegte, rutschten ihre Träger. Sie musste sie ständig zurechtzupfen, um nicht plötzlich im Freien zu stehen.

»Das Teil ist echt lästig«, schimpfte sie. »So eine hirnrissige Idee von meiner Mutter! Wenn wenigstens Hendrik nicht da wär! Dann könnte ich das doofe Mieder ausziehen.«

Iris trieb zwei Sicherheitsnadeln auf und versuchte, dem Ganzen mehr Halt zu geben. Es gefiel Emma nicht, wie Hendrik Glubschaugen machte. Sie stieß ihn kräftig in die Rippen.

»He, guck doch, was Otto jetzt tut!«

»Ja, seh ich«, behauptete Hendrik.

Es war Emma, die nicht mehr viel von der Filmhandlung mitkriegte, weil sie die beiden dauernd beobachtete. Immer, wenn Melanie sich nach vorne beugte, verrenkte sich Hendrik den Hals.

»Du solltest dir lieber Hausmilben anschauen«, knurrte Emma.

»Wie?«, stammelte Hendrik und starrte sie an, als sei sie ein Alien.

Emma war froh, als der Abspann kam.
»Jetzt will ich endlich Tat oder Wahrheit spielen«, verlangte Hendrik.
»Ja, lass ihn mitmachen, dann sind wir wenigstens fünf«, meinte auch Iris.
Emma machte ihrer Freundin verzweifelt Zeichen, aber Iris kapierte wieder mal überhaupt nichts. Auf der Kellertreppe packte Emma sie am Arm und zischte ihr ins Ohr:
»Bist du vollkommen bescheuert? Was glaubst du, was Hendrik macht? Bei *Wahrheit* fragt er mich bestimmt, ob ich ihn liebe und bei *Tat* will er garantiert einen Kuss!«
Iris grinste. »Das wird bestimmt lustig.«
»Lustig!«, empörte sich Emma. »Ich hab nicht die Absicht, Hendrik zu küssen. Lieber geh ich ins Kloster!«
Hallo, Addolorata! Wie nett, mit dir die Astern zu gießen!
Hendrik war entschieden ein Fremdkörper im Partykeller. Er beschlagnahmte gleich eines der Matratzensofas. Keins der Mädchen wollte sich neben ihn setzen, lieber drängten sie sich zu viert auf die andere Matratze. Hendrik tröstete sich damit, dass er eine Hand voll Kartoffelchips nach der anderen in sich hineinstopfte.

Emma schaute unauffällig auf die Uhr. Zu blöd, dass sie von Mama die Erlaubnis ertrotzt hatte, bis Mitternacht zu feiern. Es war Viertel nach Neun und ganz klar, Hendrik würde keine Minute früher gehen!

Lena hatte schon eine leere Flasche in der Hand. »Los, wir fangen an.« Sie verteilte Kissen im Kreis auf dem Boden und legte die Flasche in die Mitte. »Wer dreht zuerst?«

»Ich natürlich, weil ich Geburtstag hab.« Emma schnappte sich die Flasche und drehte sie mit aller Kraft. Der Flaschenhals zeigte auf Iris.

»Tat oder Wahrheit?«, fragte Emma.

Iris zögerte. »Wahrheit.«

»Was ist dein größter Fehler?«

Iris dachte so angestrengt nach, dass sie ihre Stirn in Falten legte. »Ich bin feige«, gestand sie dann und wurde rot. »Ich stelle mir manchmal vor, wie toll etwas wäre, aber wenn es dann so weit ist, kneife ich lieber.«

Sie beugte sich nach vorne und griff nach der Flasche. Diesmal stoppte die Flasche bei Melanie.

»Tat«, entschied sich Melanie.

Iris grinste und ließ sie ein Volkslied singen.

»Na warte!«, drohte Melanie. Der Flaschenhals zeigte auf Hendrik.

»Wahrheit.«
»Wen liebst du?«
Hendrik schluckte und schaute Emma an. »Muss ich das wirklich sagen?«
»Na klar, wir wollen die Wahrheit hören und nichts als die Wahrheit«, forderte Melanie.
Hendrik räusperte sich. Vor lauter Verlegenheit konnte er kaum sprechen. »Also … ich liebe … äh … Ähma.«
»Emma?«, wiederholte Melanie und kicherte.
Hendrik nickte.
Emma spürte, wie ihr das Blut in den Kopf schoss. Oberpeinlich! Jetzt wussten alle, was Sache war.
Mit zitternden Fingern drehte Hendrik die Flasche. Es kam, wie es kommen musste: Der Hals wies auf Emma.
»Wen liebst du, Emma?«, röchelte Hendrik.
»Ich hab doch noch nicht gewählt«, protestierte Emma. »Und ich will die *Tat*.«
Im gleichen Moment wurde ihr klar, dass sie einen Fehler gemacht hatte.
»Küss mich«, lispelte Hendrik. »Ich will einen Kuss. Auf den Mund.«
Nie und nimmer! Emma holte tief Luft. »Das gilt nicht. Er hat erst gesagt *Küss mich*. Das zählt. *Auf den Mund* ist ungültig.«

»Quatsch, solche Regeln gibt's nicht. Man muss immer machen, was der andere verlangt«, behauptete Lena. »Und Hendrik will, dass du ihn auf den Mund küsst.«

Lena, ich hasse dich!

»Ja, alles andere ist kein richtiger Kuss!«

Melanie, du Aas!

»Ich finde, Wange reicht auch«, schaltete sich Iris ein, aber die beiden anderen Mädchen brüllten sie nieder. Hendrik, dunkelrot im Gesicht, sagte gar nichts dazu. Emma wünschte sich zu sterben.

Da läutete es.

Emma sprang schnell auf. »Ich muss jetzt die Haustür aufmachen!«

Sie rannte so hastig die Treppe hinauf, dass Iris Mühe hatte, ihr zu folgen.

Draußen stand Christine. »Sorry, dass es später geworden ist«, entschuldigte sie sich. »Dafür hab ich noch ein paar Leute dabei. Es ist dir doch recht, Emma?«

Sie zog zwei Mädchen heran. Emma kannte sie vom Sehen. Was sollte sie schon dagegen haben, wenn Christine noch jemanden mitbrachte? Knabberzeug und Getränke waren genug da und Annika und Karina sahen nett aus. Vielleicht würde die Party doch noch in Schwung kommen.

»Schon in Ordnung«, meinte Emma. »Kommt rein.«

Christine machte eine ausladende Handbewegung.

»Okay, Jungs«, rief sie. »Ihr dürft!«

Emma traute ihren Augen nicht, wie sich der Flur auf einmal füllte. Zwei, vier, sechs, acht, nein zehn Jungs stürmten auf einmal herein. Emma kannte keinen einzigen von ihnen.

»Lauter Freunde von mir«, sagte Christine. »Alle ganz lieb, ehrlich!«

Emma nickte stumm, als die Horde an ihr vorbeitrampelte und von allein den Weg in den Partykeller fand. Eine Fahne aus Zigarettenrauch und Alkoholdunst wehte hinter den Jungs her.

Mama und Claudia hatten den Lärm ebenfalls gehört und kamen aus dem Wohnzimmer.

Mama schnupperte. »Was ist denn hier los?«, fragte sie alarmiert.

»Christine hat ein paar Freunde mitgebracht«, antwortete Emma.

»Jungs?«

»Ein paar.« Emma schluckte. »Sie sind einfach gekommen. Ich kann sie doch nicht rausschmeißen, oder?«

»Wär gar keine schlechte Idee«, fand Mama.

»Jetzt lass doch«, meinte Claudia. »Schließlich ist Emma dreizehn. Irgendwann fängt man eben an, Partys mit Jungs zu feiern.«

Aber Mama machte ein Gesicht, als hätte sie an einer Zitrone geleckt. Dann schnupperte sie wieder. »Dass die Kerle rauchen, gefällt mir gar nicht. Hoffentlich brennen sie nicht die Bude ab.«

»Herrgott, Julia, früher hast du dir selbst die eine oder andere Zigarette angesteckt, hast du das schon vergessen?«, erinnerte sie Claudia.

»Du hast geraucht, Mama?«, wunderte sich Emma.

»Hin und wieder. Vielleicht dreimal oder fünfmal ... Ich hab es mir zumindest nicht angewöhnt.«

Emma und Iris schauten sich an. Emma zuckte mit den Achseln. Mama war immer für eine Überraschung gut.

»Habt ihr auch mal gekifft – du und Papa?«, fragte Emma neugierig.

»Aber Emma, wo denkst du hin?«

»Habt ihr oder habt ihr nicht?«

»Du solltest dich besser um deine Gäste kümmern und ihnen etwas zu trinken anbieten«, sagte Mama entschieden.

»Natürlich Alkoholfreies!« Claudia zwinkerte Emma zu und zog Mama am Arm.

»Jetzt lass die Kids doch in Ruhe, Julia. Komm mit ins Wohnzimmer. Ich lege uns gleich das Keltische Kreuz. Mal sehen, was die Tarotkarten zu unserem Partyservice sagen.«

Endlich verschwanden die beiden. Iris und Emma trabten einträchtig die Treppe hinunter.

»Eigentlich sind die Typen genau im richtigen Augenblick gekommen«, flüsterte Iris. »Hättest du Hendrik denn auf den Mund geküsst?«

»Lieber wochenlang kotzen«, sagte Emma. »Ich finde Küssen voll eklig.«

Iris blieb stehen. »Und wenn du später Schauspielerin bist? Es gibt doch massenhaft Kussszenen …«

»In *Verrückt nach Liebe* vielleicht.«

»Nein, auch sonst. Du bist doch die große Filmexpertin! In allen berühmten Filmen wimmelt es von Küssen! Zum Beispiel in *Vom Winde verweht* oder in *Pretty Woman* … Sogar vorhin, bei *Ein Fisch namens Wanda* wurde rumgeküsst –«

Emma seufzte. Sie bewunderte Jamie Lee Curtis. Und die küsste auch hemmungslos, das stimmte.

»Ich werde eben verlangen, dass das Drehbuch umgeschrieben wird«, sagte Emma matt.

»Ein Kuss ist ein Kuss«, beharrte Iris. »Den kann man nicht einfach streichen.«

»Oder ich lass mich bei den Kussszenen doubeln.«

»Ganz schön feige!«

Peng, das saß. Iris hatte Recht. Jamie Lee Curtis ließ sich bei so was bestimmt nicht doubeln! Emma nagte an ihrer Unterlippe.

»Als gute Schauspielerin musst du alles spielen können«, fuhr Iris fort. »Wut und Trauer und du musst auf Befehl lachen und weinen können ... Und die besten Szenen sind manchmal die Liebesszenen. Da brauchen die Zuschauer jede Menge Taschentücher.«

Emma dachte nach. Eine echte Schauspielerin fühlte sich von Schwierigkeiten erst herausgefordert, das stimmte. »Na ja, vielleicht kannst du ja im Kinderprogramm auftreten«, meinte Iris jetzt und sah Emma mitfühlend an. »Beim Tigerenten-Club und in der Sesamstraße. Dann brauchst du nicht rumzuküssen.«

Kinderprogramm! So ein idiotischer Vorschlag! Emmas Ziel war das große Hollywood-Kino, das wusste Iris ganz genau!

Als die Musik plötzlich in voller Lautstärke losdröhnte, zuckten die beiden Mädchen zusammen.

»Die ruinieren noch meine Anlage«, rief Emma

zornig. Sie stürmte in den Keller. Der Partyraum kam ihr auf einmal viel kleiner vor, denn überall lümmelten und lehnten Typen. Irgendwo in einer Ecke stand Hendrik und klammerte sich an eine Tüte Kartoffelchips, die er vor der gefräßigen Meute gerettet hatte. Emma kämpfte sich zur Anlage durch. Sie musste erst einen baumlangen Kerl zur Seite schubsen, bevor sie den Lautstärkeregler runterdrehen konnte.

»Hast wohl Angst, dass deine Oma aus dem Bett fällt, wie?«, spottete der Lange.

»Nein«, sagte Emma und sah ihm fest in die Augen. Er brauchte ja nicht zu wissen, dass ihre Großeltern über hundert Kilometer weit weg wohnten. »Omi trommelt sonst den Seniorenclub zusammen, dann kommen alle runter und wollen mitfeiern.«

Der Lange grinste. »Wie heißt du?«

»Nina Roberta D'Avolo. Und du?«

»Oliver Twist.«

Emma ließ ihn stehen. Langsam schob sie sich durch die Menge zu den Getränken. Die Hobelbank war inzwischen ein Schlachtfeld. Emma schnappte sich ein Glas, das einigermaßen frisch aussah, und schenkte sich Cola ein. Das brauchte sie jetzt.

»Danke, sehr nett von dir.« Ehe Emma reagieren konnte, hatte ihr jemand das Glas aus der Hand genommen. Der Jemand hatte grün gefärbte Haarsträhnen, eine Nickelbrille, ein blasses Gesicht und einen riesigen Mund.

»He –«, protestierte Emma. Hilflos sah sie zu, wie die Cola in dem Riesenmund verschwand. »Das war eigentlich meine.«

»Sorry. Hey, ich hab dich noch nie gesehen. Wer bist du?«

»Ich bin Addolorata und nur noch diesen Abend hier, weil ich gleich morgen früh zu den Benediktinerinnen zurückmuss.«

»Internat?«, fragte der Coladieb.

»Nein, Kloster.«

Sein Kiefer klappte runter. Emma achtete nicht darauf, sondern schenkte sich ein anderes Glas ein. Es war eindeutig schon benutzt worden, aber Emma entschied, dass Verdursten ein schlimmerer Tod sei, als an einer Infektion zu sterben.

»Willst du tanzen, Hamlet?«, fragte Christine und umhalste den grünen Colatrinker.

»Mit dir jederzeit und überall.«

Sie klebten aneinander. Emma schüttelte sich innerlich. Warum musste Liebe immer solche Formen annehmen?

Iris trat neben sie und schaute sich ebenfalls nach einem sauberen Glas um.
»Keins mehr da«, sagte Emma. »Ich hol welche von oben. Kommst du mit und hilfst mir tragen?«
»Klar.« Iris folgte ihr in die Küche. »Wenigstens ist jetzt was los«, meinte sie, während Emma den Wandschrank öffnete und ein halbes Dutzend Gläser herausnahm.
Richtig, es konnte keiner mehr behaupten, dass die Party langweilig war. Bis in die Küche herauf hörte man die Gäste grölen und lachen.
»Reife Leistung, gleich zehn Jungs anzuschleppen«, fand Iris und seufzte.
»Bist du etwa neidisch auf Christine?« Emma drückte Iris einen Stapel Gläser in die Hand.
»Neidisch? Ich doch nicht!« Iris hatte einen verträumten Ausdruck im Gesicht. »Hast du den Typen mit der feuerroten Locke gesehen?«
»Davon sind mindestens zwei im Keller«, erinnerte sich Emma.
»Ach, der eine ist voll langweilig. Nein, ich meine den anderen. Total süß. Richtig traumhaft«, schwärmte Iris.
»Zum Küssen niedlich«, fuhr Emma gehässig fort. »Wie geschaffen zum Knutschen. Ein Wahnsinns-

typ für Liebeskummer und ein gebrochenes Herz.«

»Spinnst du?«, regte sich Iris auf. »Ich erzähl dir nie wieder, in wen ich verliebt bin.«

»Ich dachte, du liebst Magnus aus *Verrückt nach Liebe*?«

»Den auch. Aber der Typ da unten ist wirklich. Magnus ist so weit weg ...«

Emma rutschte fast ein Glas aus der Hand. Das waren ja ganz neue Töne! Mit genau diesem Argument hatte sie immer versucht, ihrer Freundin die Schwärmerei für Magnus auszureden.

»Er spielt seine Rolle ja nur«, hatte sie gesagt. »Er macht das, was im Drehbuch steht. In Wirklichkeit kann er ein ganz anderer sein.«

Aber Iris hatte steif und fest behauptet, sie wüsste, wie Magnus sei. Angeblich hatte sie genug Interviews gelesen und im richtigen Leben sei er genauso lieb, ehrlich und treu wie in der Serie.

»Ausgerechnet jetzt kommst du drauf, dass Magnus nicht echt ist«, wunderte sich Emma. »Wo du in ein paar Wochen zum Dreh von *Verrückt nach Liebe* fahren darfst!«

»Darauf freu ich mich ja auch. Ehrlich«, beteuerte Iris. »Aber der Typ da unten ... Mensch, Emma! Glaubst du an Liebe auf den ersten Blick?«

»Nein.«
»Aber ich! Ich hab schon früher dran geglaubt und seit heut Abend weiß ich es sicher. – Du musst mir helfen, ich will rauskriegen, wie er heißt!«
In diesem Augenblick schaute Mama zur Küchentür herein. »Alles klar, Emma?«
»Logo, Mama, wir brauchen nur ein paar neue Gläser«, erklärte Emma mit Unschuldsblick.
»Ich hoffe, die Kerle benehmen sich anständig?«, hakte Mama nach. »Wer rauchen will, soll rausgehen. Und um Mitternacht ist Schluss, dann fährt Papa die Gäste heim. Bis dahin müsste er zu Hause sein.«
Papp war nämlich wieder einmal auf Dienstreise, um mit anderen Wetterkundlern über die drohende Klimaänderung zu diskutieren.
»Okay.« Emma und Iris balancierten die Gläser an Mama vorbei zur Tür hinaus.
»Vergiss nicht, deinen Gästen zu zeigen, wo das Klo ist«, rief Mama ihnen nach. »Damit keiner auf die Idee kommt, in die Waschküche –«
»MAMA!« Emma drehte sich entrüstet um.
Die zuckte nur mit den Achseln. »Alles schon passiert.«
»Bei deinen Parties vielleicht«, erklärte Emma hoheitsvoll und wanderte mit Iris in den Keller. Dort

war die Stimmung eindeutig gestiegen. Die Lautstärke auch. Zigarettenrauch hing in der Luft.

»Puh!« Emma stellte die Gläser ab, dann begann sie nach den Übeltätern zu forschen. Als sie den ersten entdeckte – es war der Kerl, der sich mit Oliver Twist vorgestellt hatte –, schob sich Emma zu ihm durch und gab Mamas Befehl weiter.

»Zum Rauchen gefälligst rausgehen!«

»Soll ich mich erkälten?« Oliver starrte sie groß an. »Vielleicht hole ich mir sogar eine Lungenentzündung. Ich war schon immer schwach auf den Bronchien.«

»Dann solltest du auch nicht rauchen!«, sagte Emma mit Bestimmtheit. Jemand umarmte sie von hinten, nahm einen Zipfel der Federboa und kitzelte damit ihre Nase.

»He!« Emma wirbelte herum und schaute in ein fremdes Jungengesicht. Die feuerrote Stirnlocke wippte. Das war bestimmt der Typ, den Iris als *süß* bezeichnet hatte. Absolute Geschmacksverirrung!

»Kann ich dir das Ding abkaufen?«, fragte er.

»Tut mir Leid, Einzelstück«, gab Emma zurück und wollte ihm die Federboa entwinden. Doch er hielt ihre Hände fest und schaute ihr tief in die Augen.

»Wetten, dass du Emma bist?«
»Wetten, dass du ein Idiot bist?« Emma konnte plumpe Anmache nicht leiden.
Er ließ sie los. »Hoffentlich gibst du mir Gelegenheit, dir das Gegenteil zu beweisen.«
Emma hatte schon eine Antwort auf der Zunge, aber in diesem Augenblick hakte sich Iris bei ihr ein.
»Hallo Emma, hier ist die Cola, die du gewollt hast.«
»Wie?« Emma war irritiert. Sie hatte doch gar keine Cola bestellt. Aber Iris drückte ihr ein Glas in die Hand. *Stell mich gefälligst vor,* verlangte ihre Miene.
»Ach so.« Emma holte tief Luft. »Kennt ihr euch schon?«, fragte sie. »Das ist Iris, meine beste Freundin. Und das ist – äh …«
»Der Idiot«, sagte der Typ und grinste.
»Derek Jod«, wiederholte Iris mit absolut schwachsinnigem Schmachtblick. »Schöner Name. Bist du irgendwie aus Amerika?«
Emma hielt es nicht aus. Kopfschüttelnd wandte sie sich ab. Es war wirklich zum Heulen, wie die Liebe aus jedem vernünftigen Menschen einen Irren machte. Sie trank einen Schluck. Nanu! Es brannte ein bisschen, erst auf der Zunge, dann in

der Kehle. So schmeckte doch keine normale Cola!

»Hat da jemand was reingeschüttet?«, fragte sie misstrauisch. Aber von Iris kam keine vernünftige Antwort mehr. Also war Emmas eigener Spürsinn gefragt. Sie machte die Schnupperprobe. Was war drin – Arsen oder Frostschutzmittel? Komischerweise musste sie an Weihnachten denken. Plätzchenduft … vielleicht Zimt? Nein. Sie konzentrierte sich und vor ihren geschlossenen Augen erschienen Omas Rumkugeln!

»RUM!«, rief Emma triumphierend und riss die Augen wieder auf.

»Ist inzwischen alle«, teilte ihr Oliver bedauernd mit.

Plötzlich stand Hendrik vor Emma. »Ich muss mit dir reden. Dringend.«

Emma starrte ihn erschrocken an. War er etwa gekommen, um doch noch den Kuss einzufordern? Das Herz schlug ihr bis zum Hals. Sie musste unbedingt Zeit gewinnen!

»Du siehst doch, dass ich gerade Cola trinke«, erwiderte sie pampig und leerte im Zeitlupentempo ihr Glas. Der fremdartige Geschmack störte sie zwar, aber es war noch immer besser, das Zeug zu trinken, als sich mit Hendrik unterhalten zu müssen. Wie konnte sie den Kerl bloß loswerden?

Hendrik starrte sie an. Seine Augen durchbohrten sie regelrecht. *Liebe mich,* verlangte sein Blick. *Küss mich,* befahlen seine Lippen. *Jetzt gleich, jetzt gleich, jetzt gleich!*

Emma überlegte fieberhaft. Verdammt, wo blieb die rettende Idee? Aber in Liebesdingen versagten die blöden grauen Zellen offenbar.

Den letzten Schluck Cola behielt sie so lange im Mund, bis ihr fast schlecht wurde. Was hieß fast? Ihr war schlecht. Zumindest komisch. Irgendwie schwummrig. Der Boden unter ihr schwankte wie ein Boot bei leichtem Seegang. Die Musik und die Stimmen ringsum klangen so gedämpft, als hätte sie Watte im Ohr.

»Emma, ich –«, stotterte Hendrik, da schluckte Emma den Colarest endlich runter und fasste ihn am Kinn.

»*Ich schau dir in die Augen, Kleiner*«, murmelte sie. »Aber mehr läuft nicht, das brauchst du dir nicht einzubilden.«

»Eh?« Hendrik starrte sie entgeistert an.

»Aus *Casablanca*«, nuschelte Emma undeutlich, drückte Hendrik das leere Glas in die Hand und suchte das Weite. Ihre Bewegungen waren nicht

mehr ganz sicher und auch der Raum schien sich verändert zu haben. Er war jetzt rund statt viereckig, außerdem drehte er sich im Kreis. Emma prallte gegen eine Jungenbrust, schaute nach oben und stellte erleichtert fest, dass es nicht Hendrik war, sondern der rotgelockte Idiot.
»Emma!« Es klang erfreut. »Willst du tanzen?«
Emma nickte. Sie hätte auch Mensch-ärgere-Dich-nicht gespielt oder wäre mit ihm ins Kino gegangen. Alles war ihr recht – solange sie nicht Hendrik küssen musste!
Aus den Lautsprechern erklang ein langsamer Schmusesong. Emma fand es beruhigend, wie sich der Raum im Takt der Musik drehte.
»I believe I can fly …«
Fliegen zu können, das wär's! Die erste fliegende Schauspielerin der Welt, *Flying Emma* … Wenn der Typ sie bloß nicht so festhalten würde! Emma war überzeugt, abheben und davonsegeln zu können. Aber null Chance – gegen den Klammergriff kam sie nicht an – und außerdem sollte man das Fliegen vielleicht erst dann lernen, wenn der Kopf ein bisschen klarer war.
»Ich bin Sönke«, flüsterte ihr der Rothaarige ins Ohr.
»Ich bin Emma«, flüsterte Emma zurück.

Aus den Augenwinkeln nahm sie Bruchstücke der Umgebung wahr. Warum in aller Welt guckte Iris so böse? Und wieso kamen jetzt zwei Jungs zur Tür herein und hatten Weinflaschen im Arm? Waren die etwa nebenan im Vorratskeller gewesen, an Papas Weinregal?

Emma hatte das vage Gefühl, eingreifen zu müssen, aber Sönke fasste sie fester. Er drückte sie so eng an sich, dass sie kaum Luft bekam. Außerdem flüsterte er dauernd Geschichten vor sich hin.

»... seit ich dich zum ersten Mal auf der Straße gesehen hab, weiß ich, dass ich total auf dich steh. Ich hab Christine gefragt, ob sie dich kennt, und ich war unheimlich glücklich, als sie sagte, dass du eine Party gibst und wir alle kommen sollen ... Da lernst du dein Traumgirl endlich kennen, hab ich gedacht und jetzt ist es wahr geworden ...«

Emma stutzte. Traumgirl? Das klang ja wie aus dem Drehbuch einer Soap! Wen meinte er damit? Sie etwa? Heute Abend war alles irgendwie verrückt. Und dass sie mit einem wildfremden Jungen eng umschlungen tanzte, konnte eigentlich auch nicht wahr sein. Vielleicht probten sie ein neues Stück. Oder einen neuen Film.

Flying Emma – Agentin 009 ...

Richtig, jetzt erinnerte sie sich. Sie hatte den Auftrag, Sönke auszuhorchen. Sie musste ihn unbedingt zum Reden bringen, um wichtige Informationen zu erfahren. Sönke und seine Bande planten nämlich einen Einbruch in das meteorologische Hauptquartier. Sie wollten den Zentralcomputer manipulieren: Landstriche würden austrocknen, Meere sich erwärmen, das Eis der Pole würde zu schmelzen anfangen ... Nur Emma, Agentin 009, konnte die globale Katastrophe verhindern ...

Dazu war jeder Trick recht. Und deswegen war sie hier auf die Party gekommen, um sich bei Sönke einzuschmeicheln.

»Ach Emma!« Sönke hatte soeben beschlossen, in ihrem Haar herumzuwühlen.

Emma schüttelte sich innerlich. Ließ sich diese Szene nicht aus dem Drehbuch streichen? Vielleicht konnte man die Zuschauer einfach austricksen, indem man das Licht ausschaltete. Die ganze Leinwand schwarz, nur noch leise Stimmen ...

Emma kniff die Lider fest zusammen. Es wurde nicht völlig schwarz, sondern nur orange.

Seine Lippen waren jetzt an ihrem Ohr. »Küss mich, Emma«, flüsterte er.

Emma schnappte erschrocken nach Luft. DENK AN DEINEN AUFTRAG, EMMA! »Verrätst du mir dann auch deine Pläne?«, murmelte sie.

»Ich tu alles …«
Dann passierte es. Der Kuss. Weich und feucht. Überraschend warm und auch irgendwie spannend.

Am meisten wunderte sich Emma, dass sie den Kuss ertragen konnte, ohne zu schreien.
Ich kann die Kussszenen selber spielen. Ich muss mich gar nicht doubeln lassen …
Sie sah die Filmkritiken schon vor sich:
»Es war ungemein beeindruckend in *Flying Emma,* wie sich der Verräter bei einem leiden-

schaftlichen Kuss in die Agentin verliebte … Die Hauptdarstellerin überzeugte durch ihr hervorragendes Spiel.«

Dann endlich lösten sich ihre Lippen und Emma machte die Augen wieder auf. Der Raum war zum Stillstand gekommen.

Sie sah Sönkes Gesicht vor sich. Eine Nahaufnahme, die die ganze Leinwand füllte. Diese Riesennase und alle Pickel ungepudert.

»Oh Gott, da hat die Maskenbildnerin gepfuscht«, flüsterte Emma erschrocken. »Wenn man das so im Kino zeigt!«

»Wie?«

»Hoffentlich nehmen sie nicht Breitwand!«

Sönke ließ sie los. »Brauchst du frische Luft?«

Emma schüttelte erst den Kopf. Dann nickte sie. Ein bisschen frische Luft wäre jetzt nicht schlecht.

Sönke fasste sie am Ellbogen und zog sie in Richtung Tür, vorbei an Hendrik. War dieser kleine zornige Gnom tatsächlich Hendrik, mit dem sie im Sandkasten gespielt hatte?

»Dass du so was tun konntest«, stieß Hendrik hervor.

»Was tun?«, fragte Emma nach.

Hendrik gab keine Antwort. Bleich, aber entschlossen setzte er die Rotweinflasche an den Mund.
»Du sollst nicht Papas Wein trinken«, schimpfte Emma. Sie roch den Rotwein und ihr wurde furchtbar übel.
So übel wie noch nie.
Es war entsetzlich.
Mein Gott!
FLYING EMMA flog die Treppe hoch und schaffte es gerade noch bis zum Klo.

Stunts für Stefanie

»Mach das nie wieder!«
Emma stöhnte. Sie hatte schon Kopfschmerzen und Bauchweh und wollte am liebsten sterben, da brauchte sie wahrhaftig nicht noch Mamas Standpauke.
»Ich bin entsetzt.« Mama schimpfte rücksichtslos weiter. »Claudia hat angerufen und erzählt, dass sich Hendrik über dich beschwert hat.«

Emma ächzte. Die Erinnerung an den vergangenen Abend war verschwommen und unangenehm.
»Und Frau Pfeiler hat auch angerufen und erzählt, dass Iris stinksauer auf dich ist.«
Emma entfuhr ein Jammerlaut, als Mama die Vorhänge aufzog.
»Kein Licht!«
Strahlender Sonnenschein fiel ins Zimmer.
»Was für ein herrlicher Tag«, sagte Mama ungerührt und öffnete das Fenster weit. »Hendrik sagt, du hättest die ganze Zeit mit einem wildfremden Typen rumgeknutscht.«
»Hendrik war betrunken«, murmelte Emma.
»Und du?«
»Hab ich ahnen können, dass jemand meine Cola mit Rum vergiftet hat?«, pampte Emma zurück. Au, ihr armer Kopf!
»So was schmeckt man doch.« Mama kannte einfach kein Erbarmen. »Du gibst angeblich eine Party ohne Jungs und dann rücken die Kerle gleich scharenweise an. Außerdem spannst du Iris ihren Freund aus. Und zum Schluss ärgerst du noch den armen Hendrik, obwohl er sich total in Unkosten gestürzt hat, um dir das Mikroskop zu schenken. Das Taschengeld von zwei Monaten ist draufgegangen, sagt Claudia.«

Emma überlegte, ob sie Mama erzählen sollte, dass sich Hendrik damit einen Kuss erkaufen wollte. Aber Mama war schon wieder voll in Fahrt.
»Und zur Krönung des Abends plündert die Bande auch noch Papas Weinkeller. Es ist echt hart. Wir überlegen, ob wir dir den Schauspielunterricht überhaupt bezahlen sollen.«
»Ihr habt es versprochen«, protestierte Emma. »Es war euer Geburtstagsgeschenk. Das könnt ihr nicht einfach zurücknehmen.«
»Aber so, wie du dich gestern Abend aufgeführt hast –«
Emma stopfte die Finger in die Ohren und drehte sich zur Wand.
Sie konnte die Tränen nicht mehr zurückhalten. Das Leben war so gemein. Dauernd wurde sie für Dinge verantwortlich gemacht, für die sie wirklich nichts konnte!
Hatte sie die Jungs eingeladen? *Nein!* Hatte sie Hendrik aufgefordert, sich in sie zu verlieben? *Never!* Hatte sie Iris dazu gebracht, sich in Sönke zu verknallen? *Non!* Hatte sie Alkohol ausgeschenkt? *Njet!* Hatte sie es darauf angelegt, Sönke zu küssen? *No, no, no!*
Emma schniefte. Mama setzte sich auf die Bettkante und griff nach ihrer Hand.

»Ach Emma, ich wundere mich eben ein bisschen über dich. Jetzt bist du dreizehn ...«

»Dreizehn zu werden ist ganz bescheuert!«

»Das kann ich gut verstehen.«

Emma äugte vorsichtig zu Mama hinüber. Hatten sich an ihrem dreizehnten Geburtstag etwa auch solche Katastrophen abgespielt? War Mama ebenfalls mit beiden Beinen von einem Fettnäpfchen ins nächste gesprungen?

»Wann hört das bloß auf, Mama?«

»Was denn?«

»Dass Dinge passieren, die gar nicht passieren sollen. Und dass man sich dabei immer unheimlich blöd vorkommt.«

Mama dachte nach. »Das hört eigentlich nie auf. Aber später empfindet man es nicht mehr als so schlimm. Man kriegt ein dickeres Fell.«

Emma stellte sich Mama mit einer megadicken Elefantenhaut und mit einem Rüssel vor und musste grinsen. Sie ließ es zu, dass Mama sie in die Arme nahm und an sich drückte, wie sie es früher getan hatte, als Emma noch kleiner gewesen war. Doch schon zwei Sekunden später befreite sie sich.

»Wie kann Iris behaupten, dass Sönke ihr Freund ist?«, sagte sie empört.

»Das musst du sie schon selber fragen.«
»Sie hat gestern Abend noch nicht mal seinen Namen gewusst.« Emma setzte sich so schnell auf, dass ihr Schädel dröhnte. Stöhnend drückte sie einen nassen Waschlappen gegen die Stirn.
»Ruf sie an und rede mit ihr«, schlug Mama vor. »Es ist besser, wenn man Missverständnisse gleich aus dem Weg räumt.«
»Wenn ich aufstehe, muss ich kotzen«, erklärte Emma. »Oh, wie ist mir schlecht!« Sie ließ sich wieder zurück ins Kissen fallen.
»Du armes Schätzchen!«
Na also, das hörte sich schon besser an. Emma schloss die Augen. Mama sollte ja nicht mehr auf die Idee kommen, den Schauspielunterricht ausfallen zu lassen. Sicherheitshalber stöhnte und jammerte Emma ein bisschen mehr, als nötig gewesen wäre.
»Möchtest du, dass ich dir das Mittagessen raufbringe, Emma?«
»Bloß nicht!«
»Dann koche ich dir wenigstens eine Kanne Tee.« Mama stand auf und warf einen besorgten Blick auf ihre Tochter. »Wenn es dir nicht bald besser geht, müssen wir einen Arzt rufen.«
Oh nein! Der Arzt würde vielleicht sagen, dass

Emma morgen nicht in die Schule gehen konnte und dann durfte sie auch nicht zum Schauspielunterricht.

Frau Lerche, bedauerlicherweise leidet Ihre Tochter an ansteckenden Geburtstagspartynachwirkungen. Außerdem kann ich eine mittelschwere Kuss-Allergie feststellen. Ich verordne strenge Bettruhe, Fernseh- und Telefonverbot. In drei Jahren komme ich wieder und sehe nach, ob Emma aus dem Gröbsten raus ist.

»Ich will keinen Arzt«, sagte Emma energisch.

»Na gut. Wir werden sehen, was heute Abend mit dir los ist.« Mama verschwand.

Emma verbrachte den Nachmittag im Bett – in Gesellschaft einer dunkelblauen Teekanne und einem Teller mit Zwieback. Gelangweilt blätterte sie einige Zeitschriften durch, die Claudia dagelassen hatte: *Pendeln aktuell, Du und der Kosmos, Tarot des Monats*.

Das meiste klang ziemlich verschraubt. Emma musste lange suchen, bis sie ein Horoskop fand, das sie verstand.

»Die Geburtstagskinder dieser Woche können sich freuen. Viel Neues kommt auf sie zu und trotz leicht angeschlagener Gesundheit lernen sie vielleicht ihren Partner fürs Leben kennen.«

Emma rümpfte die Nase. *Neues* klang gut und die *leicht angeschlagene Gesundheit* stimmte auch. Auf den Partner fürs Leben konnte sie allerdings verzichten. Sönke und Hendrik kamen für diese Rolle bestimmt nicht in Frage!
Diese Erkenntnis teilte Emma am Abend ihrer Freundin in einem anderthalbstündigen Telefongespräch mit. Am Anfang war Iris noch ganz schön eingeschnappt, aber als Emma ihre Version des Abends berichtete, lenkte Iris ein. Sie redeten über Filme und Soaps (Emma gab sogar zu, dass manche Schauspieler bescheiden in Soaps anfangen und später große Karriere machen konnten), über Magnus und Frederik, über Jungs allgemein und besonders über Sönke, über Emmas Aussichten in Hollywood und über die letzte Mathehausaufgabe.
Als Emma endlich den Hörer auflegte, war Iris versöhnt und Emma hatte das Gefühl, dass sich die Erde in der gewohnten Bahn drehte. Ihre Wackelpeterknie waren schon wieder viel fester, das eklige Bauchgrummeln hatte auch aufgehört, ja, sie hatte sogar schon ein halbes Brötchen mit Käse und Gurke essen können. Und außerdem fand morgen Nachmittag die erste Schauspielstunde statt – hurra, jippiie!

Siebzehn Stunden später stand Emma im dritten Stock eines Mehrfamilienhauses und las das Türschild: *Stefanie Weber-Blömcke* stand dort in verschnörkelten Buchstaben. Emma hatte starkes Herzklopfen, als sie den Zeigefinger ausstreckte und auf den Klingelknopf drückte.

In der Wohnung läutete es.

Während Emma wartete, schossen ihr die wildesten Vorstellungen durch den Kopf. Vielleicht würde Frau Weber-Blömcke auf Anhieb Emmas Naturtalent erkennen. Möglicherweise würde sie gleich ihre Verbindungen spielen lassen und ihr ein Filmangebot vermitteln. *(Du hast Glück, Emma. René, mein Bekannter, sucht gerade für einen abendfüllenden Spielfilm ein dreizehnjähriges Mädchen. Du bist für die Rolle wie geschaffen.)*

Emma schluckte, als sie Schritte hörte. Dann wurde die Tür geöffnet.

»Hallo, ich bin Emma.«

Sie hatte eine kleine zierliche Frau erwartet (ganz hell blondiert, mit riesigen grünen Ohrgehängen und Brillantringen an jeder Hand), stattdessen stand jetzt eine mächtige Person vor ihr, mindestens einsachtzig groß. Das Haar war grau und kurz geschnitten, sie trug Jogginghosen und einen weiten schwarzen Pullover. Jeglicher Schnickschnack fehlte, ja, sie hatte nicht einmal Löcher in den Ohrläppchen. So eine Frau konnte höchstens eine Pfarrhaushälterin spielen oder den kaltblütigen Boss einer internationalen Verbrecherbande.

»Hallo, Emma. Ich bin Stefanie.« Es folgte ein Händedruck, Marke Knochenquetscher. »Wir haben ja schon miteinander telefoniert. Komm rein.«

Emma betrat die Wohnung und schaute sich neugierig um. Aber auch da wurden ihre Erwartungen enttäuscht. Die Einrichtung war weder pompös noch überspannt, es hingen nicht einmal afrikanische Masken an den Wänden. Vielleicht liebte Frau Weber-Blömcke es praktisch oder ihr fehlte einfach das Geld.

Auch das Wohnzimmer war sehr schlicht. In der Mitte des Raums, neben dem kleinen Glastisch, lag eine Gymnastikmatte auf dem Boden. Emma zuckte zusammen. Ob sie da Hechtrollen machen musste? Aber Stunts kamen doch sicher nicht schon in der ersten Stunde dran oder doch?

Verunsichert blieb Emma stehen.

»Du möchtest also Schauspielerin werden?«

Emma nickte. Normalerweise war sie nicht schüchtern, aber jetzt ging es um einen entscheidenden Punkt in ihrem Leben.

»Und warum?«

Die Frage war nicht leicht zu beantworten. Emma musste elf Sekunden lang darüber nachdenken.

»Wenn ich zum Beispiel Lehrerin werde, dann bin ich ein Leben lang nur Lehrerin. Aber als Schauspielerin kann ich alles sein. Mal Bettlerin, mal Königin, mal Lehrerin, mal Tänzerin ... Das wird nie langweilig.«

»Du willst also nicht Schauspielerin werden, damit du reich und berühmt wirst?«, hakte Frau Weber-Blömcke nach.

Emma zuckte mit den Achseln. Sollte sie aus Höflichkeit lügen? Nein. »Dagegen hätte ich natürlich auch nichts.«

Frau Weber-Blömcke lachte kurz und fasste Emma an den Schultern. »Weißt du, viele Menschen sehen nur das Ergebnis und begreifen nicht, dass es ein harter und langer Weg ist, bis man sich als Schauspielerin durchgesetzt hat.«

Hilfe! Kam jetzt eine Predigt?

»Manche Sternchen gehen plötzlich auf und genauso rasch wieder unter. Wichtiger als schneller Erfolg ist eine solide Ausbildung, eine gründliche Basis ...«

Emma unterdrückte ein Gähnen. *Aufgepasst, Emma, das ist deine Schauspiellehrerin und nicht*

dein Vater! Klar, sie wollte ihre Stunden verkaufen …

Wenig später fragte sich Emma, ob sie das Opfer einer gigantischen Täuschung geworden war. Sie musste sich nämlich gegen die Wand stemmen, Arme und Beine strecken und den Körper in alle möglichen Richtungen verbiegen. »Warm werden«, nannte Frau Weber-Blömcke diese Schinderei, die viel schlimmer war als die lästigen Gymnastikübungen in der Schule. Selbst nach einer halben Stunde hatte Emma noch immer keine Zeile Text gesprochen. Sie lag auf der Gymnastikmatte und tat nichts außer hörbar vor sich hin zu röcheln.

Sie spielten jedoch keine Sterbeszene, sondern Frau Weber-Blömcke versuchte Emma beizubringen, wie man richtig atmete.

»Tief Luft holen. Leg die Hand auf deinen Bauch, damit du fühlst, wie er sich bewegt. Und jetzt wieder ausatmen …«

Emma hätte nie gedacht, dass ganz normale Sachen wie das Schnaufen so kompliziert sein konnten.

»Das ist eine Entspannungsübung. Sie hilft auch gut, wenn einen das Lampenfieber plagt. Zu sich selbst kommen, sich auf nichts anderes konzentrieren als auf den eigenen Atem … Der Herzschlag verlangsamt sich, man fühlt sich ganz friedlich und locker und manchen gelingt es sogar einzuschlafen.«

Einschlafen! Das war ja wohl der Hammer! War sie hierher gekommen, um das Einschlafen zu lernen?

Emma hatte den Verdacht, dass Frau Weber-Blömcke ihre Schüler hauptsächlich für Krankenhaus- und Friedhofsszenen ausbildete. Sie schnellte hoch.

»Wann kann ich endlich was vorsprechen?«

»Okay«, sagte Frau Weber-Blömcke. »Dann fangen wir jetzt mit den Sprechübungen an. Ein Schau-

spieler muss deutlich sprechen können. Jemand, der nuschelt, ist beim Publikum gleich unten durch. Früher haben Schauspieler beim Üben einen Korken in den Mund genommen, aber ich halte das für eine unnötige Quälerei.«
Auch ohne Korken hatte sie noch eine Menge Ideen auf Lager, um ihre neue Schülerin zu quälen. Emma musste Sätze nachsprechen wie »Abrakadabra a Sancta Clara« oder »Fischers Fritz fischt frische Fische.«

Am schlimmsten waren die Übungen, bei denen Emma halb sprechend, halb singend Vokale üben musste: »la-lo-laaaah«, immer lauter und länger.
»Die Kraft von unten raufholen«, kommandierte Frau Weber-Blömcke. »Aus dem Bauch raus, das gibt dir ein tolles Körpergefühl.«
Doch Emma wartete vergeblich auf das tolle Körpergefühl und schließlich war die Stunde um.

»Also dann bis Mittwoch um die gleiche Zeit«, verabschiedete sich Frau Weber-Blömcke an der Tür. »Du hast sehr gut mitgemacht. Üb die Entspannungsübungen ruhig mal zu Hause.«
Emma nickte zerstreut. Sie hüpfte die Treppe hinunter, verwirrt, enttäuscht, verunsichert. Auf dem Heimweg hatte sie den Eindruck, von der Schauspielerei weiter entfernt zu sein als vorher.
Das Ganze war eigentlich eine komplette Niederlage. Wahrscheinlich besaß sie überhaupt kein Talent. Das schwache Lob am Schluss der Stunde riss es auch nicht raus.
Zu Hause fragte Mama natürlich gleich, wie es gewesen war.
Emma hatte wenig Lust, ihr alles haarklein zu erzählen. Direkt lügen mochte sie auch nicht. Deswegen beschloss sie, die Wahrheit ein bisschen zu beschönigen.
»Ich habe gelernt, wie man stirbt«, berichtete sie und breitete theatralisch die Arme aus. »Und wie man schreit! A-ah--ooohhhh! Hast du mal einen Korken da?«
Mama fischte einen Korken aus der Küchenschublade.
»Was willst du denn damit?«
Emma ließ den Korken im Mund verschwinden –

mein Gott, im Rachen schien der Korken seine Größe zu verdoppeln! –, verdrehte die Augen und versuchte »Abrakadabra a Sancta Clara« zu sagen. Es klang so, als würde jemand gerade erwürgt.

»Und das kostet fünfundfünfzig Mark die Stunde?«, fragte Mama misstrauisch.

Emma spuckte den Korken aus. Er kullerte quer über den Küchenfußboden.

»Aber sie macht es ohne Korken, weil sie mich nicht quälen will«, keuchte Emma. Es war wirklich die reinste Folter. Schauspieler, die so was ausgehalten hatten, mussten enorm abgebrüht sein. Vielleicht war der Beruf doch härter, als Emma angenommen hatte.

»Und wie ist sie denn so?«, fragte Mama. »Wo hat sie früher gespielt? War sie berühmt?«

Emma hob die Schultern. »Keine Ahnung.«

»Macht es dir wenigstens Spaß?«

Wieder ein Achselzucken. »Weiß nicht.«

Sie guckten einander an.

»Eigentlich hab ich mir Schauspielunterricht ganz anders vorgestellt«, gestand Emma.

»Es war ja die erste Stunde«, meinte Mama. »Da darf man vielleicht nicht allzu viel erwarten. Mach noch zwei oder drei Stunden, dann sehen wir weiter.«

Emma ging in ihr Zimmer und brütete vor sich hin. Was sollte sie bloß tun? Alles aufgeben?

Nina Roberta D'Avolo verzichtete aus lauter Kummer auf eine Karriere als Schauspielerin und eröffnete eine Pizzeria. Was für ein herber Verlust für die Filmwelt! »Wir hätten vor zwanzig Jahren einfach reagieren müssen«, gesteht René, einer der großen Regisseure Hollywoods, der inzwischen einen Flop nach dem anderen landet. »Diese Nina! Nicht auszudenken, wenn sie zum Film gegangen wäre!« Aber Nina Roberta ist glücklich mit ihrer Pizzeria und den mittlerweile dreiunddreißig Filialen …

Emma zerknüllte wütend ein Taschentuch. Dann rannte sie nach unten und rief Iris an.

Frau Pfeiler war am Apparat. »Iris kann jetzt nicht mit dir reden, sie hat noch eine Viertelstunde lang Klavierunterricht.«

Emma hörte im Hintergrund gedämpftes Geklimpere. Ach ja, die Arme! Iris war wirklich gestraft. Einmal in der Woche Klavierunterricht und dann jeden Tag eine halbe Stunde üben. Außerdem hatte Iris erzählt, dass ihr Klavierlehrer die Angewohnheit besaß, immer die Schuhe auszuziehen. Wenn seine Socken muffelten, dann konnte sich Iris unmöglich auf Bach oder Beethoven konzentrieren.

»Soll Iris dich nachher zurückrufen?«, fragte Frau Pfeiler.

»Nö, ich komme vorbei«, entschied Emma.

In ihrem Zimmer suchte sie nach ihrem ausgebeulten lilafarbenen Jogginganzug. Er war das richtige Outfit für jemanden, der schauspielerisch völlig unbegabt war. Dann zerstrubbelte sie vor dem Spiegel ihr Haar, damit es wirr und ungekämmt wirkte. Zufrieden trat sie einen Schritt zurück. So sah jemand aus, der sich gerade mit dem Filmproduzenten gestritten und die Rolle seines Lebens verloren hatte …

Emma Lerche, aus der Traum! Wir besetzen anders. Du hast keine Spur von Talent. Vergiss all deine Karrierepläne!

Gerührt nickte Emma noch einmal ihrem Spiegelbild zu, bevor sie sich niedergeschlagen auf den Weg zu Iris machte.

An Familie Pfeilers Gartenpforte begegnete sie dem Klavierlehrer, einem verklemmten Typen mit fettigen Haaren. Er trug einen Packen Noten unterm Arm und trat nur auf Zehenspitzen auf. Emma betrachtete ihn interessiert und ahmte auf dem Weg zum Haus seinen komisch wippenden Gang nach.

Frau Pfeiler öffnete.

»Hallo, Emma.« Sie runzelte die Stirn, als sie Emmas nachlässige Aufmachung sah. »Bist du krank? Steck bloß Iris nicht an!«
»Hallo, Frau Pfeiler«, grüßte Emma und federte im Klavierlehrer-Wiegeschritt durch den Flur. »Keine Sorge, ich bin völlig gesund.«
»Iris ist oben in ihrem Zimmer«, sagte Frau Pfeiler.
»Ich kann mich dunkel an den Weg erinnern«, gab Emma zurück. Pfeifend wippte sie die Treppe hinauf.
Iris saß vor dem Fernsehapparat und schaute eine ältere Folge von *Verrückt nach Liebe*. Als Emma ins Zimmer kam, schaltete sie den Ton aus.
»Hi, Emma!«
Emma wollte schon loslegen, wie bescheuert die Schauspielstunde gewesen war, da entdeckte sie, dass Iris gerötete Augen hatte.
»Hey, was ist los?«, fragte sie voller Mitgefühl. »Probleme?«
Sicher brauchte Iris nach der frustigen Klavierstunde mit Muffelsocken eine Aufmunterung.
Iris schniefte. »Hier.« Sie holte einen großen Umschlag unter dem Sofakissen hervor.
Emma drehte ihn in den Händen. »Ist das das Schreiben von Radio Primadonna?«

»Genau.« Iris nickte und wischte sich über die Augen.
»Haben sie dir die Rolle etwa nicht gegeben, diese miesen Schweine?«, wetterte Emma. »Na warte, ich werde –«
»Doch«, sagte Iris kleinlaut. »Es ist alles klar. Anreisetag, Uhrzeit, Studioplan.« Ihre Lippen zitterten. »Das ist es ja. Ich kann da nicht hinfahren. Ich werd mich bis auf die Knochen blamieren.«
»O Mann!« Emma ließ sich aufs Sofa plumpsen. »Du bist ein echt schwerer Fall, Iris. Jetzt geht dein allergrößter Wunsch in Erfüllung und was tust du? Du heulst!«
»Ach Emma, versteh mich doch! Ich kann längst nicht so gut schauspielern wie du. Magnus wird sich über mich totlachen! Das überleb ich nicht!« Iris fasste Emma am Arm. »Du musst mir helfen. Zeig mir, wie man richtig spielt. Du kriegst doch jetzt Unterricht, also weißt du bestens Bescheid …« Iris schaute Emma erwartungsvoll an.
Emma zögerte. Eigentlich hätte sie jetzt sagen müssen, was für eine Riesenenttäuschung die Stunde gewesen war. Und wie talentlos und unbegabt sie sich vorkam. Aber damit würde sie Iris kein Fitzelchen helfen. Emma schluckte. Die Wahrheit musste warten.

»Also gut. Was wollen wir spielen?«

Iris hob die Schultern. »Keine Ahnung …«

»Stell dir einfach vor, ich sei Magnus«, schlug Emma vor.

Sofort wurde Iris wieder fröhlicher. »Oh, gut.«

»Magnus hat eine Anzeige in die Zeitung gesetzt, dass er eine Putzfrau für seine Wohnung braucht«, entwarf Emma schnell eine Szene. »Du besuchst ihn, weil du die Stelle willst. Als er die Tür aufmacht, schaut ihr euch tief in die Augen. Es ist Liebe auf den ersten Blick.«

Iris wurde rot. »So was kommt bestimmt nicht dran.«

»Aber wir können es trotzdem üben«, beharrte Emma. »Los, komm. Steh auf und geh zur Tür. Du klopfst einfach und ich öffne. Alles andere ergibt sich.«

Iris ging raus und pochte von außen an die Tür.

»Ja?«, rief Emma mit tiefer Stimme.

Iris steckte schüchtern den Kopf ins Zimmer.

»Sie kommen sicher wegen meiner Anzeige«, sagte Emma, stand auf und ging in Zeitlupentempo zur Tür, während sie Iris unentwegt anstarrte. Iris starrte zurück, dann schlug sie sich mit der Hand auf den Mund und lachte laut los.

»Ich kann dir nicht so lange in die Augen gucken!«
»Aber Schätzchen, das ist die magische Anziehungskraft der Liebe«, flötete Emma. »Verliebte gucken sich immer in die Augen, hast du doch selbst gesagt. Wer hat denn hier Sönke angeschmachtet, du oder ich? Also noch mal das Ganze!«
Wieder klopfte Iris.
»Sind Sie die neue Putzfrau?«, rief Emma. »Dann kommen Sie rein.«
Iris trat schüchtern ins Zimmer und rannte gleich darauf wieder lachend hinaus.
»Du bist echt albern!«, brüllte ihr Emma hinterher.
»Ich kann nichts dafür«, japste Iris von draußen. »Noch mal, ja?«
»Meinetwegen.«
Iris pochte erneut. Diesmal sagte Emma gar nichts, sondern stellte sich neben die Tür. Als Iris reinkam, schrie Emma begeistert: »Nicht zu fassen, du bist die Liebe meines Lebens!« Sie riss Iris an sich und umarmte sie leidenschaftlich. Iris gluckste und kicherte, als Emma ihr heftig das Haar streichelte.
»Was für ein Wunder«, deklamierte Emma laut

über Iris' Kopf hinweg. »Dass ich das noch erlebe! So eine Liebe, so heftig, so überwälti…«
Sie brach mitten im Wort ab, denn in der Tür war Frau Pfeiler aufgetaucht. Sie hatte den Mädchen Kuchen bringen wollen, aber als sie die beiden sah, rutschten die Quarkstücke von den Tellern und fielen zu Boden.
Emma ließ Iris sofort los. Wie verdammt peinlich! Sie spürte, wie ihr das Blut in den Kopf schoss, deswegen bückte sie sich hastig nach dem heruntergefallenen Kuchen und las mit der Hand die Bruchstücke zusammen.
»Schade, den kann man jetzt wahrscheinlich nicht mehr essen«, stotterte sie. Vor lauter Verlegenheit konnte sie keinen klaren Gedanken fassen. »Aber vielleicht mag ihn noch der Hund.«
»Wir haben keinen Hund«, antwortete Frau Pfeiler eisig. »Wir werden auch nie einen haben, weil Hunde unhygienisch sind. Iris, hol doch mal den Staubsauger, du weißt, wo er steht.«
Iris verschwand und Emma fühlte sich unter Frau Pfeilers Blicken enorm unbehaglich.
»Es ist nicht so, wie Sie denken«, brachte sie schließlich heraus. »Wir haben nur gespielt.«
»Gespielt.« Frau Pfeilers Mund war ein kleiner, schmaler Strich. »Natürlich.«

»Ich steh echt nicht auf Mädchen«, beteuerte Emma. »Ehrlich.«
»Wie beruhigend«, sagte Frau Pfeiler, aber Emma hatte das Gefühl, dass sie ihr kein Wort glaubte. Am liebsten wäre sie im Erdboden versunken. Mist, warum kam sie nur immer in solche Situationen!
Zum Glück rückte Iris mit dem Staubsauger an. Frau Pfeiler nahm ihr das Gerät aus der Hand und saugte sorgfältig alle Kuchenkrümel auf. Emma

stand stumm daneben. Vielleicht würde Iris' Mutter sie vergessen, wenn sie sich ganz unauffällig verhielt.

Nachdem Frau Pfeiler die Stelle dreimal abgesaugt hatte, schaltete sie das Gerät aus und sagte:

»Bitte denk dran, Iris, dass du um achtzehn Uhr zum Volleyballspielen musst. Mach dich rechtzeitig fertig.« Dann fiel die Tür hinter ihr zu.

Emma warf sich aufs Sofa und schlug die Hände vors Gesicht.

»Was ist los mit dir?«, fragte Iris überrascht.

»Deine Mutter ist überzeugt, dass ich lesbisch bin«, murmelte Emma hinter ihren Fingern.

»Quatsch! Auf so einen Gedanken käme Mama nie!«

Emma schielte zögernd zwischen den Fingern hindurch. »Bestimmt nicht?«

»Ich kenne doch meine Mutter«, sagte Iris und setzte sich neben ihre Freundin. »Sie findet dich nur ein bisschen verrückt.«

Emma stöhnte. Unter ihrem Hintern knisterte es. Es war der Umschlag von Radio Primadonna. Sie zog ihn hervor und blätterte in den Unterlagen.

»Glaubst du, der Direx gibt mir eine Unterrichtsbefreiung, nur damit ich in einer Soap mitspielen kann?«, fragte Iris zweifelnd.

Emma dachte nach. »Glaub ich nicht, nein. Nicht unser Direx. Die ganze Schule wär zwar stolz auf dich, wenn du im Fernsehen auftrittst, aber für unseren *Majestix* ist eine Lateinstunde eindeutig wertvoller.«

»Dann kann ich mir das Ganze ja gleich abschminken«, meinte Iris.

»Quatsch, dir ist eben schlecht oder du kriegst die Masern«, schlug Emma vor. »Oder du hast dir den Fuß verstaucht. Es gibt tausend Möglichkeiten, mal einen Tag blau zu machen, ohne dass es auffällt.«

Iris schüttelte den Kopf. »Das macht Mama nie. Ich kann mir schon vorstellen, was sie sagen wird: ›*Du fährst da auf keinen Fall hin. Das ist viel zu gefährlich. Wer weiß, was unterwegs passiert und in welche Gesellschaft du dort kommst.*‹« Sie sah Emma an. »Was glaubst du, was nach deiner Party bei mir zu Hause los war!«

»Du hättest ja nicht alles zu erzählen brauchen«, erwiderte Emma schulterzuckend.

»Aber ich war so wütend auf dich!« Iris zerknüllte ein Sofakissen. »Tut mir jetzt echt Leid. Ach, Emma, fahr doch mit! Wir fahren zusammen!«

»Ich? Wieso ich? *Du* bist doch der Fan von *Verrückt nach Liebe*.«

»Wir hätten bestimmt eine Menge Spaß!«
Emma überlegte. Iris' Vorschlag war eigentlich gar nicht so schlecht. Es wäre endlich mal eine Gelegenheit, ein paar Filmstudios von innen zu sehen. Sie faltete die Einladung auseinander und betrachtete interessiert den Plan. »Wir schwänzen die Schule«, entschied sie dann. »Du sollst schon um acht Uhr da sein. Mit dem Zug brauchen wir mindestens zwei Stunden. Wir müssten sehr früh los. Am besten erzählen wir unseren Eltern, dass unsere Klasse einen Ausflug macht. Wie wär's mit einer Vogelstimmenwanderung?«
»Prima Idee. Und warum kommen wir erst abends zurück?«
Emma klatschte sich aufs Bein. »Gar kein Problem. Wir rufen von unterwegs deine Mutter an und sagen ihr, dass du bei mir zu Mittag isst. Du kommst spät heim, weil wir zusammen ein Referat vorbereiten müssen. Meiner Mutter erzählen wir, dass ich bei dir bin …«
»Und wenn sich die Mütter gegenseitig anrufen?«
»Das tun sie doch sonst auch nicht. Das größte Problem ist, dass wir das Geld für die Fahrkarte zusammenkriegen.« Emma breitete die Arme aus. »Ich kann machen, was ich will, ich bin chronisch

pleite. Meine Eltern rücken zurzeit bestimmt nichts raus, weil sie ja meine Schauspielstunden bezahlen. Entweder muss ich Sven anpumpen oder Lotto spielen …«

»Wie war deine Stunde überhaupt?«, hakte Iris nach.

»Frag lieber nicht«, stöhnte Emma und setzte eine Leichenbittermiene auf. »Es war der reinste Horror. Jede Minute pures Grauen.«

»Wieso, hast du Frankenstein spielen müssen?«

Emma ließ die Schultern hängen. »Das nicht, aber ich bin einfach unbegabt.«

Iris packte Emma am Arm. »So ein Unsinn, Emma! Seit wann lässt du dich so schnell unterkriegen? Du bist die Einzige in unserer Klasse, der *Majestix* abnimmt, dass sie die Lateinhausaufgaben wirklich vergessen hat. Und wenn du sagst, dass dir schlecht ist, dann fall sogar ich drauf rein! Du und unbegabt! Dass ich nicht lache!«

Emma holte tief Luft. »Vielleicht hast du Recht. Aber du bist leider Laie. Oh, das klingt gut. *Länger leiden lernende Laien.* Ich soll mir nämlich bis zur nächsten Stunde neue Übungen ausdenken. So was wie *Abrakadabra a Sancta Clara …* Wie findest du das?« Emma dachte kurz nach und setzte sich in Positur. »*Wenn Wünsche wahr werden,*

wird Wilfried wahnsinnig. Schau, Stefanie schindet schielende Schauspieler in der schimmeligen Sitzbadewanne.« Sie grinste.
»Sie schmeißt dich bestimmt raus«, prophezeite Iris.
»Und wenn schon! Dann spar ich das Geld eben für die Fahrkarte!«

Jammer für Julia

»Siehst du, Emma, du stehst wieder nicht mit beiden Beinen fest auf dem Boden. Das linke winkelst du leicht an. Dabei solltest du selbstbewusst und energisch auftreten.«
Emma stöhnte. Frau Weber-Blömcke schaltete die Videokamera aus. Emma starb dabei immer tausend Tode, wenn sie sich selbst anschauen musste. Aber so verstand sie am ehesten, was sie falsch machte.
»Die Schauspielerei ist harte Arbeit, ein Leben lang«, betonte Frau Weber-Blömcke zum x-ten Mal.

Emma stellte sich Berge von Fanpost vor. Sicher war es total lästig, Tausende von Autogrammkarten zu unterschreiben. Manche Stars bekamen Sehnenscheidenentzündung davon und konnten deswegen nicht mehr drehen. Allein vom Briefmarkenablecken konnte man schlimme Allergien kriegen. Und wenn man schließlich die schwere Ladung Antwortbriefe zur Post schleppte, bekam man sicher schnell einen Hexenschuss.
Nein, bestimmt kein leichter Job!
»Los, wir proben die nächste Szene«, kommandierte Frau Weber-Blömcke.
Emma runzelte genervt die Stirn. Sie war nicht rausgeflogen und sie hatte auch die Schauspielstunden nicht gleich aufgegeben. Inzwischen machte ihr der Unterricht manchmal sogar Spaß, vor allem, wenn Frau Weber-Blömcke Fotos von ihrer Bühnenlaufbahn hervorkramte oder kleine Anekdoten aus ihrem Leben als Schauspielerin erzählte.
Neben Bauchatmung und den Gymnastikübungen lernte Emma, sich richtig zu bewegen. Es war ganz schön schwierig, dass der Körper zu dem, was man gerade sagte, auch das Passende tat.
»Stell dir am besten eine Marionette vor«, sagte Frau Weber-Blömcke immer wieder zu Emma. »Da

führt der Sprecher die Figur und muss an den Fäden ziehen, damit sie sich richtig bewegt. Bei der Schauspielerei bist du selbst die Figur.«

»Und Sie ziehen an den Fäden«, gab Emma lachend zurück.

»Nein, ich gebe dir nur Tipps, wie du dich am besten selber ziehst.«

Abends hockte Emma oft bei Iris vor dem Fernseher und gemeinsam schauten sie sich die neuste Folge von *Verrückt nach Liebe* an. Magnus war inzwischen aus Amerika zurückgekehrt. Iris himmelte ihn mit Sternchenaugen an und nur Emma durfte sich erlauben, ihn zu kritisieren.

Sie war inzwischen bestens informiert, was sich gerade in der Serie abspielte. Daniela, Magnus' derzeitige Freundin, erwartete ein Baby und wusste nicht genau, wer der Vater war. Magnus hatte seinen Job verloren und war ganz und gar nicht in der Stimmung, eine Familie zu gründen. Kopflos ergriff er die Flucht und ging zurück zu seiner Mutter. Mama freute sich, ihren Sohn wieder verhätscheln zu können, aber dann stellte sie ihm ihren neuen Freund vor. Magnus war völlig verunsichert. Im Streit warf er dem Freund vor, er sei nichts als ein Erbschleicher, ging zurück zu Daniela und machte ihr einen Heiratsantrag.

Danielas Antwort erfuhren Emma und Iris nicht mehr, denn die Folge war zu Ende.
»Sie sagt natürlich ja«, vermutete Emma. »Aber kurz vor der Hochzeit verliert sie ihr Kind und alles wird abgeblasen. Außerdem entpuppt sich Mamas Freund als Heiratsschwindler.«
Iris schaute Emma groß an. »Hast du im Videotext nachgeschaut, was in den nächsten Folgen kommt?«
»Nö. Das denk ich mir so.«
»Es wär schade, wenn Magnus heiraten würde«, überlegte Iris.
»Ja, die armen Girlies, die in Zukunft alle leer ausgehen!«, spottete Emma. Sie stand auf und ging Richtung Tür.
Iris schleuderte ein Kissen nach ihr. Emma fing es auf und hielt es fest, um weitere Wurfaktionen zu unterbinden.
»Hab ich dir übrigens schon das Neuste erzählt?«, fragte sie. »Mama hat jetzt endlich ihren ersten Auftrag. Sie hat sich doch diese Sache mit dem Partyservice in den Kopf gesetzt, erinnerst du dich?«
»Ja, dunkel.« Iris nickte.
»Mamas Service wird für eine Abschiedsparty gebraucht. Und rate mal, wen sie abservieren soll!«

»Keine Ahnung.«
»Adeline.«
»NEIN!«, jubelte Iris. »Den Ätzknochen?«
»Genau«, bestätigte Emma. »Unser Liebling zieht mit seinen Eltern weg. Und weißt du wohin? – Nach Paris!«
»Paris«, japste Iris.
»Nur kein Neid«, winkte Emma ab. »Um nichts in der Welt würde ich mit Adeline tauschen wollen.«
An der ganzen Schule gab es nur eine Adeline. Sie besuchte Emmas und Iris' Parallelklasse. Die beiden Freundinnen hatten ihr gleich zwei Spitznamen verpasst: Madame Arroganta oder Großmaulqueen. Adelines Eltern hatten Geld wie Heu und das ließen sie auch jeden spüren.
»Na, dann viel Spaß«, sagte Iris. »Das wird bestimmt Partyvergnügen erster Sahne.«
»Für mich nicht«, meinte Emma, während sie das Kissen zurück aufs Sofa pfefferte. »Ich bin nämlich eine fahrbare Geschirrspülmaschine.«
»Eine fahrbare *Was*?«
Emma klärte Iris auf. »Es soll eine Gartenparty werden. Grillen, Lampions, Live-Band und so 'n Zeug, du weißt schon. Ich soll ausschenken und die Gläser spülen. Ich bin noch in knallharten Ver-

handlungen mit Mama, ob sie mich nach Arbeitsstunden oder nach der Anzahl der Gläser bezahlt. Auf alle Fälle krieg ich so das Geld für die Fahrkarte.«

»Ich hab inzwischen meine Oma angepumpt«, erzählte Iris und strahlte. »Die hat das beste Herz von allen.«

Emma seufzte. *Arme Addolorata, das ist der Lauf der Welt. Anderen fällt das Glück in den Schoß und deine gnadenlos geizigen Eltern stecken dich einfach ins Kloster, weil sie keine müde Mark für dich ausgeben wollen … Oder sie vermieten dich als fahrbare Geschirrspülmaschine beziehungsweise sie beuten dich als Bardame aus!*

»Und wenn es bei der Party regnet?«, fragte Iris, als sie die Treppe hinunter gingen.

»Adelines Eltern regeln doch alles«, meinte Emma. »Die bringen es fertig und schicken ein E-Mail an Petrus im Himmel: *Bitte schönes Wetter, Scheck folgt.* Aber die Schnecken im Garten können sie selbst mit einer Million nicht bestechen! Stell dir nur vor, Iris, wenn die Glitschdinger abends auftauchen und dann den Gästen an den nackten Waden hochkriechen … Oder wenn scharenweise Blattläuse in den edlen Sektgläsern schwimmen …«

»Ach Emma, du bist einfach schrecklich!«

»*Schamlose schadenfrohe Schlampe*«, deklamierte Emma mit tieftraurigem Gesicht. »*Schuftige schusselige Schurkin. Schauderhaft schaurige –*«

»Hau bloß ab!«, lachte Iris, während sie Emma die Haustür aufhielt.

Emma schwang sich aufs Rad und fuhr nach Hause. Sie musste noch Schulaufgaben erledigen, vor allem Lateinvokabeln lernen. Majestix hatte sie schon in der letzten Stunde etwas merkwürdig angesehen, todsicher würde er sie morgen abfragen, so was fühlte man …

Sie läutete Sturm, bis ihr zu Hause endlich aufgemacht wurde. Mama hatte gerade telefoniert, schwenkte einen Zettelstapel und verbreitete hektische Nervosität.

»Warum haben wir kein Faxgerät? Das würde vieles einfacher machen und ich bräuchte nicht alles mündlich durchzugeben!«

»Aber Mama, du telefonierst doch so gern«, fiel ihr Emma ins Wort. »Eigentlich hättest du einen Telefonservice gründen sollen. Bei deiner tollen Stimme!«

Mama schaute Emma irritiert an.

»Beschwerden und Reklamationen«, fuhr Emma fort. »Oder ein Sorgentelefon. *Plaudern Sie mit Julia und Ihr Tag wird heiter.*«

Mama schüttelte den Kopf. »Emma, du verrücktes Huhn, für Scherze hab ich jetzt einfach keine Nerven. Was glaubst du, woran ich alles denken muss? Metzger, Musiker und Mückenspray. Wenn ich mir nicht alles aufschreibe! Ich weiß überhaupt nicht mehr, wo mir der Kopf steht.«
»Da oben, wie immer.« Emma tätschelte Mamas Haar.
Mama wehrte sie ab. »Nicht – ich war heut Vormittag erst beim Friseur.«
»Ach, deswegen dieses grässliche Stachelstoppelfeld. Macht dich fast überhaupt nicht älter –«
»Emma, wenn du schon rumspinnen musst, dann überleg dir lieber einen schönen Namen für unsere Firma.«
»*Julias freundlicher Partyservice*«, kam es von Emma wie aus der Pistole geschossen.
»Das klingt nicht peppig genug«, fand Mama, nachdem sie kurz nachgedacht hatte.»Außerdem ist es nicht nur mein Partyservice.«
Emma runzelte die Stirn. »*Julias & Claudias Partydienst – Flops und Flauten im Doppelpack. Mit uns sind Sie wirklich bedient.*«
»Ich warte auf den Tag, an dem dir mal was Vernünftiges einfällt!«, stöhnte Mama.
»*Julias niederträchtiger Partykrampf*!« Emma

schmetterte beleidigt die Tür hinter sich zu. Wenn Mama so miese Laune hatte, dann ließ man sie besser in Ruhe.

Sie lief hinauf in ihr Zimmer, warf Bücher und Hefte in die Schultasche, ergänzte einen Hefteintrag in Biologie und überflog die Lateinvokabeln.

»Laboro, laboras, laborat«, murmelte sie genervt. »Laberlaberlaber. Majestix, verschon mich morgen bitte mit dummen Fragen!«

Sie stellte sich vor den Spiegel. Stefanie Weber-Blömcke hatte Emma eingeschärft, bei jeder Gelegenheit das Vorstellungsvermögen zu trainieren. Einmal hatte sich Emma vorstellen müssen, ein Baum im Frühling zu sein. Sie hatte die Arme ausgestreckt und war reglos dagestanden. Bald hatten die Arme angefangen unerträglich zu jucken. Das waren die Knospen, die sprossen …

»Ich bin eine fahrbare Geschirrspülmaschine«, sagte Emma dumpf zu ihrem Spiegelbild. Sie winkelte beide Arme an und streckte die Hände nach vorne. Spülmaschine aufgeklappt, fertig zum Einräumen!

Alles klar? Die Arme kippten in Richtung Schulter. Die rechte Schulter war der Wasserzulauf, der Magen war der Behälter für das Spülmittel und der Kopf steuerte das Programm.

»Schschschschsch …«
Vor lauter Konzentration bemerkte Emma Sven erst, als er mitten im Zimmer stand.
»Was tust du da?«
»Ich meditiere«, sagte Emma und wurde rot. »Kannst du nicht anklopfen, du Hirni?«
»Willst du mal gucken, wie ein Blutstropfen unterm Mikroskop aussieht?«
»Und von wem ist das Blut?«
»Von mir«, sagte Sven stolz. »Ich hab mir extra in den Finger gepikst.« Er zeigte seinen zerstochenen Daumen.
Emma folgte Sven in sein Zimmer. Auf dem Schreibtisch war das Mikroskop aufgebaut. Es war aus unerklärlichen Gründen bei Sven geblieben; die Hausaufgaben erledigte er seitdem auf dem Fußboden.

»Damit macht man das Ding scharf.« Sven zeigte Emma, an welchem Knopf sie drehen musste.
Emma linste durch das Loch. Vor ihrem Auge erschienen rötliche Flecken.
»Sieht irgendwie verseucht aus.«
»Verseucht?«, fragte Sven beunruhigt.
»Ja, mit Pestbazillen oder Sojakeimlingen.«
Sven stieß Emma zur Seite und starrte aufgeregt durch das Mikroskop. »Sieht das Blut ehrlich krank aus?«
»Ganz ehrlich. So was Ähnliches haben wir mal in Bio durchgenommen. Krankes Kuhblut. Da war das Blut total durchsetzt mit Schokotrüffeln. Die arme Kuh hat nur noch Kakao gegeben.«
»Du spinnst total«, stellte Sven fest.
»Danke, gleichfalls.«
»Ich weiß, warum dich Hendrik nicht mehr liebt. Weil du ein Oberekel bist.«
»Erstens liebt er mich noch und zweitens will ich nicht, dass du seinen Namen noch mal erwähnst«, sagte Emma giftig.
»Hendrik, Hendrik, Hendrik.«
»Ich frag mich wirklich, warum meine Eltern dich in die Welt gesetzt haben.« Emma verschränkte die Arme. »Nur wegen des Kindergelds? Oder haben sie gehofft, dass sie noch ein Genie

bekommen? Na ja, die Armen. So eine Enttäuschung.«

Sven wollte gerade handgreiflich werden, da steckte Mama den Kopf zur Tür herein.

»Svennie, Emma, ich muss ganz schnell zu Claudia fahren. Sie hat ein paar Muster für Einladungskarten auf dem Computer entworfen und ausgedruckt. Die brauch ich unbedingt, denn gleich wird Frau Delius hier auftauchen, um die Party mit mir zu besprechen.«

Frau Delius, Adelines Mama, du liebes Bisschen. Emma schnitt eine Grimasse.

»Wir wollen das Menü besprechen. Wenn ich noch nicht zurück bin, dann schreib einfach alles auf, Emma. Jeden Wunsch, egal, was sie sagt. Ich beeil mich wirklich. Und sei freundlich.«

»Ich *bin* freundlich«, gab Emma zurück. Sie war überhaupt nicht scharf darauf, Mama zu vertreten. Wenn Frau Delius genauso war wie ihre Tochter – na viel Vergnügen!

Mama musterte Emma. »Vielleicht ziehst du dich um.«

»Muffele ich?« Emma schnupperte an ihrem getigerten T-Shirt. »HAT MEIN DEO VERSAGT?«

»Adeline sieht immer so nett aus.«

»Die hat es auch nötig.«

»Emma, bitte, ich will keinen Ärger. Das ist mein erster Auftrag und er ist wirklich wichtig für mich. Es kommen eine Menge Gäste und wir wollen den besten Eindruck machen.«

»Und deswegen springst du im Dreieck und machst uns hier den totalen Stress«, erwiderte Emma. »Ich finde es voll beknackt, wenn Mütter sich selbst verwirklichen müssen.«

Mama kniff die Lippen zusammen. »Ich bitte dich nur um etwas Unterstützung.«

»Gern. Aber ich ziehe mich nicht extra um.«

»Ganz wie du denkst.« Mama zog gereizt die Luft ein und klimperte mit den Autoschlüsseln. »Dann fahr ich jetzt.«

Sie verschwand und wenig später hörte Emma, wie sie den Motor anließ. Emma zuckte mit den Achseln und ging in ihr Zimmer zurück.

Kritisch musterte sie sich im Spiegel.

»Ich bin zehnmal so nett wie Adeline«, murmelte sie. »Wann kapiert Mama das endlich?« Sie überlegte. Dann holte sie ihren langen dunklen Rock und einen schwarzen Pulli aus dem Schrank. Nachdem sie sich umgezogen hatte, hängte sie sich noch das große silberne Kreuz mit den blauen Steinen um, kämmte ihre Haare streng nach hinten, puderte ihr Gesicht blass und umrahmte ihre

Augen mit schwarzem Kajalstift. Ob sie jetzt gut genug für Frau Delius war?

Da klingelte es schon. Emma bekam einen Schreck. Jetzt bloß nichts falsch machen, sonst würde es wieder mit Mama Zoff ohne Ende geben!

Emma rannte die Treppe hinunter, stoppte kurz auf dem Flur und öffnete mit feierlichem Schwung die Haustür.

Draußen stand jedoch nicht Adelines Mutter, sondern Sönke. Er grinste übers ganze Gesicht und sein Locken leuchteten in der Sonne flammendrot.

»Hi«, sagte Emma völlig überrascht.

»Wollte nur mal sehen, wie's dir geht«, meinte Sönke. »Ist ja schon 'ne Weile her seit der Party.«

»Stimmt«, bestätigte Emma und fragte sich, was er wohl vorhatte. Falls er an neue Knutscherei dachte, dann war er bei ihr an der falschen Adresse!

Sönke drehte verlegen einen Helm in den Händen. »Eigentlich wollte ich dich fragen, ob du vielleicht Lust hast, 'ne Runde mit mir auf meiner Maschine zu drehen.«

Er wies mit dem Daumen hinter sich. Auf dem Gehsteig stand ein funkelndes Moped. Emma schaute von Sönke zum Moped und wieder zurück und das Einzige, woran sie denken konnte, war die peinliche Szene auf ihrer Geburtstagsparty.

»Nur mal um den Block«, sagte Sönke. »Das Ding ist neu. Brauchst keine Angst zu haben, ich fahr sicher.«

Emma blickte zögernd an sich herab.

»Das geht schon mit dem Rock«, fand Sönke. »Und einen zweiten Helm hab ich dabei. Ich will meine Maschine *Emma* nennen, da ist es doch das Mindeste, dass du einmal damit gefahren bist. Oder traust du dich nicht?«

»Natürlich trau ich mich«, widersprach Emma. Sie für feige zu halten, war ja wohl das Letzte! »Aber warum willst du deine Maschine Emma nennen?«

»Warum nicht?«, war die Gegenfrage.

Jetzt ging es nicht mehr anders, Emma musste Sönkes Grinsen einfach erwidern. Es war so ansteckend wie das Gähnen, wenn Papp einen Vortrag hielt.

»Kommst du nun mit?«

»Na gut. Aber nur kurz.« Emma war noch nie Moped gefahren und neugierig. Sönke reichte ihr den Helm. Emma setzte ihn auf und kletterte umständlich auf den Rücksitz. Gut, dass der lange Rock so große Schlitze hatte!

»Kann's losgehen?« Sönke ließ den Motor an und rollte mit der Maschine vom Gehsteig.
Emma umklammerte fest seine Hüften. Es war kühl, der Wind fuhr ihr unter den Pulli und der Helm drückte. Spaß machte es trotzdem. Die Fahrt um den Block wurde zu einer Fahrt quer durch die Stadt. In Emmas Fantasie verwandelte sich das Moped in ein galoppierendes Pferd, die Häuser wurden zu Saloons und der Stadtpark schließlich zur Wüste. Ob sie die Sierra Nevada durchqueren und das Gold in den Bergen finden würden? Erst als sie an *Juwelier Kronmeyer* mit den blitzenden Schaufensterauslagen vorbeikamen, fiel Emma ein, dass sie Frau Delius völlig vergessen hatte.
»Oh Mann!« Sie trommelte gegen Sönkes Rücken. »Halt an. Ich muss sofort wieder nach Hause.«

Sönke rollte in eine Parkbucht und Emma erklärte ihm, was los war.
»Versteh nicht, warum du dich aufregst«, meinte er. »Dein Bruder ist doch zu Hause, er kann genauso gut alles aufschreiben, oder?«
Emma sah die Szene schon deutlich vor sich. Auf der einen Tischseite thronte Frau Delius – Klamotten und Klunker, alles vom Feinsten. Auf der anderen Seite notierte Sven – schmuddelig, hühnerbrüstig, mit blutverschmiertem Finger – die erlauchten Partywünsche auf einem abgerissenen Papierschnipsel. Emma seufzte.
»Wir sind gleich bei mir zu Hause«, sagte Sönke. »Ich wollte dir eigentlich auch mal mein Keyboard und meinen Computer zeigen, ich mach nämlich Musik. Hab ich dir schon erzählt, dass ich drei eigene CDs aufgenommen habe?«
Emma sah ihn misstrauisch an. *Aufgepasst, ein Trick! Er will dich bloß in sein Zimmer lotsen, um sich an dich ranzumachen und dich mit Liebesschwüren vollzuquatschen …*
»Eigene CDs?« Sie schüttelte den Kopf. »Glaub ich nicht.«
»Doch, Ehrenwort.« Sönke berichtete, dass er Musikstücke am Keyboard komponierte, mit dem Computer bearbeitete und die genialsten Stücke

dann mittels CD-Brenner für die Ewigkeit festhielt.

»Ach so«, sagte Emma enttäuscht. »Und ich dachte schon, du hättest mit richtigen Tonstudios zu tun.«

»Eines Tages bestimmt«, behauptete Sönke. »Ich spiel ja auch in der Schulband. Ab und zu treten wir sogar auf. Übrigens ist mein längstes Stück *Das galaktische Chaos,* zwölf Minuten, dreizehn Sekunden. Wenn du willst, spiel ich es dir vor.«

Emma runzelte die Stirn. Das, was er erzählte, klang interessant. Er schien jedenfalls nicht ganz so bescheuert zu sein wie die meisten Jungs, die Emma sonst kannte.

»Kannst du dir auch vorstellen, dass du mal Soundtracks zu Kinofilmen komponierst?«, fragte sie gespannt.

Sönke hob die Schultern. »Schon möglich. Stehst du auf Kinofilme?«

Emma nickte.

»Ich hab 'ne ganze Menge Filmplakate, manche sogar noch originalverpackt. Mein Onkel arbeitet nämlich bei einem Videoverleih und ab und zu krieg ich von ihm Dekomaterial, das nicht gebraucht wird. Wenn du willst, kannst du dir was raussuchen.«

Das Angebot war verlockend. Emma kämpfte mit sich. »Okay, dann komm ich mit«, sagte sie. »Aber nicht lange«, baute sie gleich vor, obwohl sie wusste, dass sie den Anpfiff von Mama auf alle Fälle kriegen würde. Jetzt oder in einer Stunde.

Fünf Minuten später bremste Sönke vor einem Hochhaus. Er stellte sein Moped ab und Emma folgte ihm hinauf in den vierten Stock. Vor der Wohnungstür bekam sie Herzklopfen. Was, wenn sie beide ganz allein in der Wohnung waren? Warum war es zwischen Jungs und Mädchen nur immer so schwierig, verflixt noch mal?

In Sönkes Zimmer herrschte das totale Chaos. Der kleine Raum war vollgestopft mit technischen Geräten wie Computer, Stereoanlage und Keyboard, dazwischen lagen stapelweise CDs und Notenhefte herum, dekoriert von leer gelöffelten Joghurtbechern, aufgerissenen Schokoladenpackungen und schmutzigen Socken.

Emma begriff, warum Sönke einen so merkwürdigen Musiktitel gewählt hatte. Von dieser Umgebung musste man einfach angeregt werden!

Sönke bahnte sich einen Weg durch das Durcheinander und schaltete den Computer ein. Mit wachsender Begeisterung erzählte er Emma von den verschiedenen Möglichkeiten der Wave- und Midi-

Dateien. Emma verstand kein Wort, sondern nickte nur.
»Das *Galaktische Chaos* ist noch auf der Festplatte«, erklärte Sönke. »Ich muss noch zwei Stücke komponieren, dann ist meine vierte CD fertig.«
Er stülpte Emma einen Kopfhörer über. Eine Ewigkeit lang wurden ihre Ohren von kosmischen Klängen und nervenzerfetzendem Sphären-Gesäge gequält. Gerade, als Emma dachte, dass sie es keine Sekunde mehr aushalten würde, endete das Stück mit einem gewaltigen Knall, der Emmas Herz fast stillstehen ließ.
»Und?«, fragte Sönke. »Wie findest du es?«
Emma gab ihm den Kopfhörer zurück. »Relativ laut.«
»Das hat symbolische Bedeutung«, erklärte Sönke eifrig. »Du kennst doch bestimmt Einsteins Relativitätstheorie; die Formel hab ich versucht, in Noten umzusetzen.«
»Aha«, machte Emma. Sie drehte sich im Zimmer herum. Eigentlich wollte sie jetzt ganz gern die versprochenen Filmplakate sehen.
Sönke wühlte in seinem Schrank und zog etliche Poster und Papierrollen hervor. »Hier. Im Keller hab ich noch mehr.«

Emma sah die Sachen durch. Ihr Herz hüpfte höher, als sie das verstaubte Plakat von *Ein Fisch namens Wanda* und ein Porträt ihrer Lieblingsschauspielerin entdeckte.
»Findest du Jamie Lee Curtis auch so toll?«, wollte sie wissen.
»Ich hab auf die Frau noch nie richtig geachtet«, gab Sönke zu.
»Sie ist großartig«, schwärmte Emma. »Ich will auch mal so gut spielen können wie sie. Hab ich dir schon erzählt, dass ich zur Zeit Schauspielstunden nehme?«
»Echt?«, fragte Sönke interessiert und sah sie bewundernd an. »Wo denn?«
Emma erzählte von ihrem Unterricht bei Frau Weber-Blömcke. »Es ist manchmal ziemlich schwer. Schauspieler ist ein total harter Beruf.« Sie tippte auf die Poster vor sich. »Kann ich die beiden da haben?«
Sönke nickte. »Ich steh sowieso mehr auf Action-Filme.«
Emma rollte die Plakate wieder zusammen. Als Sönke ihr half und die Poster in eine Pappröhre schob, berührten sich ihre Hände.
Emma zuckte zusammen.
Sönke schaute sie an.

O nein. Diesen schmachtenden Blick kannte sie gut. *Küss mich, Emma!* Unwillkürlich wich sie zurück. Hilfe! Es musste ein Fluch sein, der auf ihr lastete. Das leidige Erbe ihrer italienischen Mutter. *Nina Roberta D'Avolo, die Herzensbrecherin!* Schon zwei Opfer waren zu beklagen: erst Hendrik und nun Sönke. Und das war bestimmt erst der Anfang!

In der Fantasie sah sich Emma auf der Bühne stehen. Vor ihr drängte sich eine gewaltige Menge, lauter Verehrer. Man warf ihr von allen Seiten

Kusshände zu. Es hagelte rote Rosen. Emma blickte sich Hilfe suchend um. Wo blieben nur die Leibwächter, die sie vor den wild gewordenen Fans in Sicherheit brachten?

»Emma«, sagte Sönke mit heiserer Stimme, »weißt du, dass ich total auf dich –«

Aber Emma unterbrach ihn schnell. »Spiel mir doch noch mal *Das galaktische Chaos* vor«, bat sie. »Vielleicht kriege ich ja irgendwann eine Rolle in einem Sciencefictionfilm, dann werd ich vorschlagen, dass du den Soundtrack komponierst. Sicher wird der Film dann ein Kassenschlager und deine Songs Megahits und jeder von uns wird 'ne super Villa haben mit Pool und allem.«

Auf Sönkes Gesicht breitete sich ein Lächeln aus und er reichte Emma den Kopfhörer. Emma ertrug ein weiteres Mal seine kosmische Komposition. Sie bemühte sich, sehr beherrscht und konzentriert dreinzuschauen.

Tausend Dank für Ihren gründlichen Unterricht, Frau Weber-Blömcke!

»Hat es dir wirklich gefallen?«, fragte Sönke gespannt, als Emma erleichtert den Kopfhörer herunterriss.

»Es war ganz toll«, behauptete Emma. Zu einem guten Schauspieler gehörte, dass er überzeugend lügen konnte. Sie schnappte sich die Rolle mit den Filmplakaten. »Und jetzt fahr mich bitte nach Hause.«

Vor der Gartenpforte stieg Emma vom Moped und gab Sönke den Helm zurück. »Ciao. Mach's gut!«

Sönke hob grüßend den Arm und brauste mit heulendem Motor davon. Emma sah ihm nach. Ob er sein Moped tatsächlich *Emma* nennen würde? Irgendwie schmeichelte ihr das schon!

Als Emma sich umdrehte, sah sie, dass Mama mit einer elegant gekleideten Frau in der Haustür stand. Das musste Frau Delius sein – eine dreißig Jahre ältere Ausgabe von Adeline! Sie war nicht sehr groß, aber ziemlich dürr, hatte dieselbe lange Nase und dazu einen verkniffenen Ausdruck im Gesicht.

Frau Delius verabschiedete sich gerade.

»Wegen der Musikband telefonieren wir noch«, sagte sie abschließend, ohne Emma aus den Augen zu lassen. In ihrem Blick stand Missbilligung pur.

Wie läuft dieses schreckliche Kind denn nur herum!

»Das ist meine Tochter Emma«, stellte Mama vor.

»Hi«, grüßte Emma, lächelte und drängte sich an den beiden Frauen vorbei ins Haus.
Gleich darauf kam Mama nach und schloss heftig die Tür.
»Warum bist du einfach abgehauen? Ich hatte dir doch gesagt, dass Frau Delius kommt.«
»Ich hab's einfach vergessen!«, fauchte Emma. »Tut mir Leid. Ich muss mir so viel merken, den ganzen Lateinkram, die Englischvokabeln und diesen ekligen Biomist.« Sie ging an Mama vorbei in den Flur und tippte sich gegen die Stirn. »Mein Arbeitsspeicher hier oben ist eben auch begrenzt. Ist doch ganz normal, oder?«
»Natürlich, ganz normal«, wiederholte Mama. »Es ist völlig normal, dass du mit diesem geschlitzten Rock Motorrad fährst.«
»Moped«, korrigierte Emma und lehnte die Rolle mit den Filmplakaten gegen die Wand.
Mama verschränkte die Arme. »Und es ist völlig normal, dass du mit einem wildfremden Jungen durch die Gegend kurvst.«
»Der war nicht wildfremd, der war auf meiner Party«, warf Emma ein. Sie schleuderte die Schuhe von den Füßen, erst den rechten, dann den linken.
»Oh, entschuldige, ich hab einfach den Überblick

verloren«, entgegnete Mama spitz. »Mein Wahrnehmungsvermögen ist eben auch beeinträchtigt. Ich hab mich nämlich noch immer nicht ganz daran gewöhnt, dass meine Tochter komplett durchgeknallt ist. Voll abgedreht. Absolut verrückt. *Crazy Emma*!«

Adieu für Adeline

Emma erwachte. Das Fenster stand offen und draußen rauschte der Regen.

»O Gott«, stöhnte Emma. »Die Gartenparty. Papp hat es gewusst. Was jetzt?« Sie setzte sich auf und starrte auf das Poster an der Wand. Jamie Lee Curtis lächelte ihr schelmisch zu.

Alles keine Katastrophe, schien ihr Blick zu besagen.

»Doch, es ist eine Katastrophe«, widersprach Emma.

»Das Hoch *Markus* wird durch das Tief *Luise* abgelöst«, hatte Papp gestern prophezeit. »Wahrscheinlich wird es bei eurer Gartenparty ziemlich feucht werden.«

»Weißt du, eigentlich gönne ich es Adeline von Herzen, wenn die Abschiedsparty ins Wasser fällt«, erzählte Emma dem Poster. »Aber dann fällt mein Job auch ins Wasser und ich steh im Regen! Am Dienstag wollen wir nämlich zum Fernsehen fahren, Iris und ich. Ich brauch das Geld unbedingt. Leider hab ich keine so großzügige Oma wie Iris. Ich könnte höchstens Svennie anpumpen, den obergeizigen Knochen.«

Sie seufzte, schlug die Bettdecke zurück und huschte ans Fenster. Der Regen fiel dicht und gleichmäßig. Wenn sie Pech hatten, würde es den ganzen Tag so weiterregnen …

»Mist«, zischte Emma. Gähnend kroch sie in die Federn zurück. Konnte sich diese verfluchte *Luise* denn nicht um einen Tag verspäten?

Nachdenklich starrte Emma die Zimmerdecke an. Was taten die Ureinwohner in Australien oder die Buschmänner in Afrika, wenn ihnen das Wetter nicht passte? Sie versuchten es mit Magie!

Emma hatte wahrhaftig nicht viel Übung im Zaubern, aber Claudia behauptete, es käme auf den Willen an!

Wenn es Emma dreimal hintereinander gelang,

mit der Zunge die Nasenspitze zu berühren, dann würde die Sonne hervorkommen und den ganzen Nachmittag lang kein einziger Tropfen fallen!
Also – äußerste Konzentration!
»Sonne!«, dachte Emma, während sich ihre Zunge in Richtung Nase bog. Hurra, einmal getroffen! »Sonne! Sonne!«
Das dritte Mal war am schwierigsten. Die Mund- und Kieferpartie schmerzte schon von der ungewohnten Akrobatik. Hoffentlich musste Emma nicht den ganzen Tag mit verzerrtem Gesicht rumlaufen.
»Grins nicht so«, sagte sie zu dem Poster. »Man kann zwar nicht beweisen, dass Magie funktioniert, aber man kann auch nicht beweisen, dass sie nicht funktioniert. Frag Claudia. Die Chancen stehen also fifty-fifty!«
Beim Frühstück regnete es leider noch immer.
»Es wird heller«, behauptete Emma alle fünf Minuten.
»Eindeutig *Nimbostratus*«, widersprach Papp. »Dazu *Stratus fractus*, tiefe Schlechtwetterwolken. Könnte auch ein Gewitter werden.«
»Pah«, machte Emma, die gerade ihren Kakao trank. »Fractus hin, fractus her, heute Nachmittag scheint die Sonne, wetten?«

»Stimmt es, dass man beim *Coitus interruptus* doch schwanger werden kann?«, wollte Sven wissen und biss in seinen Toast. »Ich hab meinen Lehrer gefragt und der hat gemeint, das wär 'ne ziemlich miese Verhütungsmethode, die jeden Spaß verdirbt und außerdem total unsicher ist. Er hat's mir so erklärt, dass vor einem Gewitter ja manchmal auch schon ein paar Tropfen fallen. Bloß, dass die Tropfen ausreichen, um ein Baby zu machen. Ich hab meinem Lehrer gesagt, dass Papa Meteorologe ist. Womit verhütet ihr denn?«

Mama ließ fahrig einen verkohlten Toast fallen. »Himmel noch mal, Sven, ich hab heut einfach nicht die Nerven für solche Fragen!«

Emma konnte Mama verstehen. Schon die ganze Woche war sie total hektisch, telefonierte, machte Termine – alles wegen der Party.

Die aufgestellten Pläne waren kurzfristig umgeworfen worden, Familie Delius wünschte keine französische Küche mehr, sondern ein thailändisches Büffet.

»Begreif ich zwar nicht, sie gehen ja nach Paris und nicht nach Fernost, aber bitte, der Kunde ist König«, hatte Mama gesagt.

Der Delikatessenhändler war unsicher, ob er so schnell noch die gewünschten Früchte und Gewürze bekommen würde. Also herrschte Nervenkitzel bis zuletzt.

»Mach dich doch nicht verrückt«, hatte selbst Papp gemeint, den so schnell nichts aus der Ruhe brachte. »Niemand kann von dir verlangen, dass du unmögliche Sachen vollbringst. Es nützt keinem, wenn du zusammenbrichst.«

Aber Mama hatte nun einmal den Ehrgeiz, dass der erste Auftrag perfekt erledigt werden musste. Ihr neues Unternehmen sollte sich im besten Licht präsentieren. Claudia hatte inzwischen sogar Anstecker herstellen lassen: *Partyglück J & C, der Service mit Herz.*

Und jetzt dieses miserable Wetter!

»Notfalls gibt es einen großen Kellerraum, den wir nutzen können«, überlegte Mama und strich sich nervös durch das kurze Haar. »Aber das ist einfach nicht dasselbe wie bei einer Gartenparty. Die Atmosphäre, das Ambiente fehlt …«

»Besonders, wenn der Keller unter Wasser steht«, spottete Sven, aber Emma versetzte ihrem Bruder unterm Tisch einen Tritt. Typisch, Svennie besaß keinen Hauch von Taktgefühl. Er merkte einfach nicht, wann seine Witze verfehlt waren!

»Es wird aufhören zu regnen«, sagte Emma zuversichtlich.

»Glaube ich auch«, bestätigte Papp. »Irgendwann nächste oder übernächste Woche.«

Mama warf ihm einen giftigen Blick zu. In diesem Moment klingelte das Telefon.

»Das ist bestimmt Frau Delius, die fragt, ob du an Schwimmwesten gedacht hast«, vermutete Sven, aber das hörte Mama nicht mehr, denn sie war schon aus der Küche gestürzt.

»Hör endlich auf, Mama zu ärgern«, sagte Emma. »Sie hat schon Stress genug.«

»Keiner hat verlangt, dass sie mit diesem doofen Partyservice anfängt«, meinte Sven achselzuckend.

»Außerdem verdiene ich ja genug für uns alle«, bekräftigte Papp. »Sie hat es doch gar nicht nötig zu arbeiten.«

Emma schnappte nach Luft. Das durfte nicht wahr sein!

»Es ist gut, wenn eine Frau ihr eigenes Geld verdient und nicht von Männern abhängig ist«, empörte sie sich. »Außerdem macht die Arbeit Mama Spaß.«

»Spaß«, wiederholte Sven spöttisch. »Und warum jammert sie dann dauernd rum und beklagt sich?«

Emma setzte gerade zu einer Antwort an, als

Mama wieder in die Küche kam, Hektikflecken im Gesicht.

»Claudia kann nicht kommen«, teilte sie den anderen mit. »Hendrik ist krank und liegt im Bett.« Sie ließ sich erschöpft auf einen Stuhl plumpsen und stützte ihr Kinn auf die Hände. »Was mach ich jetzt? Ich hab nur Pech!«

Emma runzelte die Stirn. Das hatte Mama nicht verdient! Es war wie eine gemeine gigantische Verschwörung. Sie überlegte fieberhaft. Jemand musste für Claudia einspringen. Bloß wer?

»Iris«, sagte sie laut. »Ich ruf sie gleich an. Sie muss uns helfen.«

»Find ich total lieb von dir«, erwiderte Mama matt und lächelte. Sie warf einen Blick auf die Küchenuhr. »Hoffentlich ist sie schon wach. Samstags könnt ihr ja normalerweise länger schlafen.«

»Iris nicht«, widersprach Emma. Iris vertrödelte die Samstage niemals im Bett. Die Wochenenden wurden bei den Pfeilers immer genau geplant. Samstags wurden die Dinge erledigt, für die während der Woche keine Zeit gewesen war, und sonntags fanden meistens Familienausflüge statt. Während Emma zum Telefon ging, hoffte sie inbrünstig, dass Iris nicht wieder mit ihrer Mutter Schuhe oder neue Unterwäsche kaufen musste.

Doch sie hatte Glück. Iris erklärte, es stünden keine wichtigen Termine an.
»Große Krise«, berichtete Emma. »Der Partyservice mit Herz leidet an akutem Personalnotstand. Claudia fällt aus, der liebe Hendrik ist nämlich wieder mal krank. Kannst du kommen und einspringen?«
Iris war gleich bereit. »Aber ich muss erst Mama fragen«, schränkte sie ein.
Emma wartete. Im Hintergrund hörte sie Diskussionsfetzen. Sie trommelte nervös mit den Fingern. Wahrscheinlich stellte sich Frau Pfeiler gleich wieder eine wüste Orgie vor, zu der Emma ihre Tochter verleiten wollte ... Es war bestimmt furchtbar anstrengend, eine solche Mutter zu haben.
»Ich darf«, ertönte es unvermittelt an Emmas Ohr.
Emma fiel ein Stein vom Herzen. »Hast du ihr gesagt, dass es garantiert nicht jugendgefährdend ist und du gut bezahlt wirst?«
»Nein, aber Mama kennt Adeline und findet die Familie Delius sehr nett.«
»Igitt!«, murmelte Emma. »Na ja, egal. Hauptsache, du darfst. Am besten kommst du so bald wie möglich zu uns rüber.«

»Mach ich«, versprach Iris und legte auf.

Zuversichtlich kehrte Emma in die Küche zurück, wo sie die frohe Nachricht verkündete. Mamas Gesicht erhellte sich und fast gleichzeitig – Claudia hätte sicher geschworen, es sei mehr als nur ein purer Zufall – riss die Wolkendecke auf. Die Sonne wurde als milchige Scheibe sichtbar. Sie ähnelte in Form und Farbe zwar noch einem Camembertkäse, aber immerhin schien Papp nicht Recht zu behalten mit seiner düsteren Dauerregenvorhersage.

»Wetterfrösche irren sich nie, oder was?« Emma grinste.

Papp zuckte nur mit den Achseln und griff nach der ungarischen Salami, um sich ein Stück davon abzusäbeln.

Mama schien jedenfalls ihren Schwung und ihre Kraft zurückzugewinnen und begann sofort wieder, den Tagesablauf zu organisieren.

Als Iris eine halbe Stunde später klingelte, beauftragte Mama die beiden Mädchen, einige Schachteln aus dem Keller zu holen und zum Auto zu tragen. Es tröpfelte inzwischen nur noch spärlich.

»Ihr habt wirklich Glück mit dem Wetter«, meinte Iris.

»Glück?«, wiederholte Emma spöttisch, das Kinn

auf einen Karton geklemmt. »Das war knallharte Hexerei.«

Iris stellte die Schachtel in den Kofferraum. »Was für 'ne Hexerei?«, fragte sie neugierig.

»Einzelheiten verrate ich nicht«, antwortete Emma. »Hauptsache, es funktioniert.«

»Du bist gemein«, meinte Iris. »Du könntest mir wenigstens einen klitzekleinen Liebeszaubertrick verraten. Für Dienstag. Damit ich für Magnus unwiderstehlich bin.«

Emma seufzte. »Ich möchte wirklich wissen, warum du so scharf auf die ganze Küsserei bist. Nimmst du mir endlich die Tischdecken ab oder willst du warten, bis mir die Arme abfallen?«

Als sie alles zum Auto gebracht hatten und ins Haus zurückkamen, stand Mama totenblass in der Tür zum Wohnzimmer, in der Hand noch den Telefonhörer.

»O nein«, stieß Emma aus. »Was ist denn jetzt schon wieder passiert?«

»Ist der Hörer kaputtgegangen?«, fragte Iris. Sie kannte Frau Lerches Leidenschaft fürs Telefonieren.

»Die nächste Katastrophe«, sagte Mama gepresst.

»Ich hab eben einen Anruf von den *Lazy Angels* gekriegt. Das ist die Live-Band, die heute Abend spielen soll. Der Keyboarder ist gerade vom Kirschbaum gestürzt und hat sich das Handgelenk gebrochen. Seine Frau hat ihn in die Notaufnahme gefahren.«

»Mann«, regte sich Emma auf. »Warum muss dieser Idiot auch kurz vor dem Konzert auf seinen Kirschbaum steigen!«

»Er wollte ein paar tote Äste absägen«, erklärte Mama. »Dabei ist er auf der glitschigen Leiter ausgerutscht und – plumps!«

»Kann die Band nicht ohne Keyboarder spielen?«, schlug Iris vor. »Schlagzeug und Gitarre klingen doch auch schon ganz gut. Wenn dann einer noch dazu singt …«

Mama zögerte. »Ich weiß nicht. Ich könnte natürlich versuchen, kurzfristig eine andere Band aufzutreiben, aber die sind bestimmt schon alle verplant. Jetzt im Mai wird ja wie wild geheiratet und überall sind Feste …«

Emma schlug sich gegen die Stirn. »Sönke«, sagte sie. »Den könnte ich fragen.«

»Wer ist Sönke?«, fragte Mama nach.

»Emmas Lover«, erwiderte Iris spitz und erntete dafür von Emma einen bösen Blick.

»Ein Bekannter«, stellte Emma richtig. »Er kann toll Keyboard spielen und in einer Band hat er auch schon mitgemacht.«
Iris schaute Emma groß an. »Und woher weißt du das?«

»Wir haben uns neulich zufällig getroffen«, schwindelte Emma. Sie hatte Iris kein Wort von der Mopedfahrt erzählt. Jetzt spürte sie, wie ihre Freundin sie mit Blicken durchbohrte, neugierig und eifersüchtig.
»Ich dachte, du findest Jungs doof und Knutschen erst recht«, stichelte Iris.
»Es ist nicht so, wie du denkst«, verteidigte sich Emma. »Ich geh nicht mit Sönke, kein bisschen. Wir haben uns nur nett unterhalten und dabei hat er mir erzählt, dass er Musik macht.«
»*Nett unterhalten*«, wiederholte Iris anzüglich.

»Was ist jetzt mit diesem Sönke?«, hakte Mama nach. »Ist er wirklich gut genug, dass er bei den *Lazy Angels* einspringen könnte?«

»Ich kann es mir vorstellen«, behauptete Emma. Sie hatte zwar leise Zweifel, ob Adelines Eltern das *Galaktische Chaos* schätzen würden, aber sicher konnte Sönke auch ein paar bekanntere Songs spielen.

»Am besten rufst du ihn sofort an und fragst, ob er heute Abend Zeit hat«, befahl Mama, wieder ganz die Party-Managerin. »Wenn es klappt, arrangiere ich das mit den *Lazy Angels*. Und falls sie sich doof anstellen und Sönke nicht als Ersatzmann wollen, dann werde ich diesen *Faulen Engeln* mal was pfeifen, drauf könnt ihr euch verlassen!« Sie reichte Emma den Telefonhörer und verschwand in der Küche.

»Hm«, machte Emma und streckte schon den Finger aus, um zu wählen. »O shit! Das darf doch nicht wahr sein! Ich weiß ja seine Telefonnummer gar nicht! Und ich hab keine Ahnung, wie er mit Nachnamen heißt.« Stöhnend lehnte sie sich gegen die Wand.

»Er heißt Sönke Klein«, sagte Iris beleidigt. »Ich hab mich bei Christine erkundigt. Er ist sechzehn, hat eine elfjährige Schwester, spielt Fußball und fährt Moped, hat einmal eine Klasse wiederholt und wohnt Urbanusplatz dreizehn, vierter Stock.«

»Sagenhaft«, erwiderte Emma. »Kennst du rein zufällig auch seine Telefonnummer?«

Iris ratterte die Zahlen nur so herunter. Als Emma wählen wollte, hielt sie ihr Handgelenk fest.

»Wenn Sönke tatsächlich kommt, werde ich bestimmt alles verschütten oder einen Teller zerbrechen ...«

»Quatsch.«

»Bist du wirklich nicht in ihn verknallt?«

Emma ächzte. »Nein, überhaupt nicht. Hochheiliges Ehrenwort. Du kannst ihn haben. Ich pack ihn dir noch in Geschenkpapier ein.«

Iris' Augen begannen zu leuchten. »Du bist auch echt nicht böse auf mich?«

Emma schüttelte den Kopf. »Ich frag mich nur, wie du auf zwei Typen gleichzeitig stehen kannst.«

»Genau genommen sind es drei, wenn ich Frederik dazuzähle«, überlegte Iris. »Aber die stören sich untereinander überhaupt nicht, ehrlich.«

»Na, du musst ja damit klarkommen.« Emma konnte es noch immer nicht nachempfinden. »Wie war Sönkes Nummer doch gleich?«

Sönke schlief noch, seine Mutter musste ihn aus

dem Bett holen. Aber seine Stimme klang total begeistert, als er hörte, dass Emma am Apparat war.
»Emma! Du!«
»Hast du heute Abend schon was vor?«, säuselte Emma in den Hörer. Diese Methode war gemein, aber Sönke fraß ihr offensichtlich aus der Hand und warum sollte sie das nicht ausnutzen?
»Nein, ich hab noch nichts vor. Wollen wir ins Kino gehen?«
»Könntest du dir vorstellen, heute Abend Musik zu machen?«
»Wenn du zuhörst –«
Emma fand, es sei jetzt genug Geplänkel und kam endlich zur Sache. »Kennst du die *Lazy Angels*?«
»Och, diese Opas ... Alle garantiert schon fünfundzwanzig! Findest du etwa, dass die besser sind als ich?«
»Gar nicht. Du bist bestimmt genauso gut.« Emma erzählte von dem Kirschbaumunfall und vom verwaisten Keyboard der *Lazy Angels*. Sie übertrieb alles und es klang höchst dramatisch. Sönke als Retter in der Not! Sönke, der eine drittklassige Band aufmöbeln und einer Abschiedsparty den würdigen Rahmen verleihen sollte! Emma war nass geschwitzt, aber Sönke biss an.
»Klar kann ich das«, behauptete er. »Ich bin total

vielseitig. Ich hab auch Klassik drauf. Soll ich zum Schluss vielleicht ein Requiem spielen? Ich meine, wenn die Familie für immer nach Paris geht?«

»Am besten klärst du das mit den *Lazy Angels*«, erwiderte Emma.

Ihre Rolle als Vermittlerin war hiermit zu Ende. Alles Weitere sollten die Musiker unter sich oder mit Managerin Mama ausmachen. »Na, dann sehen wir uns heut Abend«, beendete sie das Gespräch und legte schnell auf, bevor Sönke auf die Idee kam, sie irgendwie festzunageln.

»Oh, er kommt wirklich!« Iris hüpfte vor Freude. »Emma, ich könnte dich küssen!«

»Lass das lieber nicht deine Mutter hören«, brummte Emma. Sie lief in die Küche, um Bescheid zu geben, dass alles geklappt hatte. Dann ging sie hinauf in ihr Zimmer. Oben öffnete sie ihren Schrank und suchte zusammen mit Iris die Klamotten für Adelines Abschiedsparty aus.

»Am liebsten würde ich etwas Schwarzes anziehen«, überlegte Emma. Sie liebäugelte wieder mit ihrem langen Rock. »Doch dann rastet Mama sicher aus und das will ich ihr nicht antun. Nicht nach all den Katastrophen, die heute schon passiert sind.«

Nach einigem Herumprobieren entschied sich Emma für Jeans, ihre neuen Buffalos und ein arm- und bauchfreies, knallrotes Oberteil.
»Du solltest wirklich langsam einen BH tragen«, sagte Iris mit kritischem Blick.
Emma schüttelte den Kopf. »Nie im Leben! Diese Dinger erinnern mich immer an Backformen. *Wie hätten Sie's denn gern? Rund, spitz oder angehoben?* Bin ich etwa ein Weihnachtsplätzchen?«
»So ein Quatsch«, meinte Iris. »Mit BH sieht's einfach besser aus.«
»Bei dir vielleicht.«
»Du bist gemein, Emma!«
Mama rief nach ihnen. Sie quittierte Emmas Aufzug nur mit einem Stirnrunzeln, dann reichte sie den beiden Mädchen je einen Partyservice-Sticker. »Hier, vergesst das nicht. Ein bisschen Werbung muss sein.«
»Pass auf, dass du deinen Wonderbra damit nicht durchbohrst!« Emma grinste, während sie den Sticker an ihrem Oberteil befestigte. Iris streckte ihr die Zunge heraus.
Wenig später saßen alle drei im Auto. Emma balancierte auf ihren Knien eine Schachtel mit einer bunten Partylichterkette, an die Frau Lerche im letzten Moment gedacht hatte.

»Lass sie bloß nicht fallen«, warnte sie.
»Ich bin doch nicht blöd«, verteidigte sich Emma.
»Du kannst den Scheibenwischer übrigens ausschalten, es regnet fast gar nicht mehr.«
»Weil Emma Sonne gehext hat«, platzte Iris heraus.
Mama warf Emma einen eigenartigen Blick zu, dann ließ sie den Motor an.

Familie Delius wohnte auf einem Hügel am Stadtrand.
»Edles Viertel«, meinte Iris und presste ihre Nase an die Scheibe. Hier, inmitten großer Gärten und alter Bäume, gab es die eigenartigsten Villen. Von der Gruselburg bis zum Glaspalast war fast alles vertreten.
»Protzkotz«, murmelte Emma.
»Wehe, wenn du dich nachher nicht zusammennimmst«, baute Mama vor. Aber als sie schließlich anhielt, musste selbst Emma zugeben, dass Familie Delius in einem der schönsten Häuser der Stadt wohnte: Fachwerk, verwinkelte Bauweise, tiefgezogenes dunkles Schieferdach – alles sehr romantisch. Auch der Garten dahinter war herrlich.
Iris seufzte. »Und die wollen wirklich nach Paris?«

Emma nahm sich fest vor, später ein ähnliches Haus in Beverly Hills nachbauen zu lassen, wenn sie erst einmal Karriere in Hollywood gemacht hatte.
Mama stieg aus und Emma und Iris folgten ihr, bis zum Kinn mit Schachteln bepackt, durch den Seiteneingang in den Garten.
Emma hielt die Luft an. Hier gab es einen hölzernen Gartenpavillon und verwilderte Blumenbeete, in denen Rhododendron üppig blühte. Sie entdeckte sogar einen kleinen Teich mit Seerosen und einem schmalen Wasserlauf, an dem gelbe und blaue Schwertlilien wuchsen. Hinter dem Haus erstreckte sich eine große, gemähte Rasenfläche – erstklassig geeignet für eine Gartenparty.
»Wow! Eine tolle *Location*!« Emma setzte die Schachteln auf einem Gartentisch ab. »Hier könnte man die wahnsinnigsten Filme drehen! Schon das Haus – wie geschaffen für einen allein stehenden Professor, der irgendwelche verbotenen Experimente macht. Man kommt ihm auf die Schliche, er flieht, der Detektiv springt über den Bach –«
Mama lächelte. »Ach Emma, heb dir deine Fantasie bis morgen auf und pack jetzt mit an!«
Am Rand der Rasenfläche waren lange Tische und

Bänke übereinander gestapelt. Mama hatte sie von einer Getränkefirma ausgeliehen und anliefern lassen.
Emma und Iris hievten die Teile hoch, klappten die Standbeine heraus und stellten die Garnituren rings um den Rasen herum auf. Mama machte sich inzwischen auf die Suche nach einem Stromanschluss.
»Der Tisch wackelt«, stellte Emma fest. Sie rückten ihn ein Stück zur Seite, aber er stand noch immer nicht gerade. Als Emma nach unten tauchte, sah sie, dass ein Bein etliche Zentimeter über dem Boden schwebte. Da musste etwas untergelegt werden!
Sie erinnerte sich an die großen Kiesel am Teich und sauste los. Gerade als sie mit ein paar flachen Steinen in der Hand zurückkehrte, kam Adeline die Terrassenstufen hinunter und lief mit federnden Schritten über den Rasen. Sie trug dunkle Leggins, T-Shirt, Stirnband und Walkman.
Als Adeline Emma und Iris sah, blieb sie stehen und zog die Augenbrauen hoch. »Gehört ihr etwa zum Partyservice?«
Ebenso gut hätte sie fragen können, ob die beiden beim Abwasserverband oder als Kammerjägerinnen arbeiteten.

»Nur aushilfsweise«, antwortete Iris gleich.
»Ach, kriegt ihr nicht genug Taschengeld?«, sagte Adeline spitz.
»Wieso, hast du damit etwa Probleme?«, fragte Emma spöttisch zurück, obwohl sie am liebsten einen der Steine auf Adelines Zehen hätte fallen lassen. »Du kannst gern mitmachen. Es wird gut bezahlt.«
»Ihr seht doch, ich trainiere!«, entgegnete Adeline. »Ich hab jetzt keine Zeit.« Sie trabte los und setzte beim Laufen den Kopfhörer auf.
Iris und Emma wechselten einen genervten Blick.
»So eine nette Person, würg!«, sagte Emma dann. »Und ausgesprochen hilfsbereit!« Sie kroch unter den Tisch, um die Steine unterzulegen. Jetzt stand er endlich gerade. »Man sollte die Bank ansägen, auf der Adeline heute Abend sitzt.«
»Einen Teufel wirst du tun, Emma«, sagte Mama, die den letzten Satz mitgekriegt hatte. »Die Garnituren sind nur gemietet! Willst du mich in Verruf bringen?«
Sie hatte inzwischen den Stromanschluss gefunden und zog ein langes Kabel quer durch den Garten. Sie mussten dreimal ansetzen, bis die Partylichterkette endlich richtig hing. Auch der Kunststoff-

pavillon, der als Bar gedacht war, fiel beim Aufbau erst einmal zusammen. Schließlich versuchten sie es ohne die Aufbauanleitung, danach klappte es besser.

»Die Band wird auf der Terrasse spielen«, sagte Mama. »Die ist überdacht und falls heute Abend ein paar Tropfen fallen, dann gibt es wenigstens keinen Kurzschluss im Verstärker.«

Iris und Emma befestigten nun mit Klebstreifen fliederfarbene Papierdecken auf den Tischen. In die Mitte kam eine witzig gemusterte Bordüre – hergestellt aus einer Tapete, die Mama zweimal der Länge nach durchgeschnitten hatte.

»Sieht super aus«, fand Iris. »Eigentlich viel zu schön für Adeline.«

»Unser Partyservice liefert gegen geringen Aufpreis auch eine fantastische Dekoration«, leierte Mama ihr Werbesprüchlein herunter.

»So was vielleicht?« Emma holte aus einer Schachtel einen Gartenlampion. Als sie ihn auseinander klappte, wurde daraus ein rundes Mondgesicht mit einem ausgesprochen dümmlichen Grinsen.

»Der sieht aus wie Hendrik«, japste Iris.

Emma musste laut lachen. »Ja, genau!«

»Es ist nicht nett, dass ihr euch über ihn lustig

macht«, bremste Mama die Heiterkeit der beiden. »Der arme Hendrik ist krank und ihr spottet über ihn. Er kann ja nichts dafür, dass er so dick ist.« Dann betrachtete sie den Mond und musste selber schmunzeln. »Er sieht tatsächlich aus wie Hendrik.«

»Den hängen wir an einen Ehrenplatz«, beschloss Emma. Sie stieg auf eine Bank und befestigte den Lampion an der Pergola. »Hendrik kommt direkt übers Büffet, damit er das Essen gut im Blick hat.«

»Hoffentlich mag er thailändisch«, prustete Iris.

Emma kicherte. »Der mag alles, wenn es essbar ist.«

»Ihr seid so gemein«, stellte Mama fest. »Wenn das Claudia hören würde!«

Inzwischen war es Mittagszeit. Mama fuhr mit Emma und Iris nach Hause zurück und schob ein paar Pizzen in den Ofen. Aber für ein gemütliches Essen blieb keine Zeit, schon kurz darauf brachen sie wieder auf, damit Mama vor Ort war, wenn das thailändische Restaurant die Speisen lieferte. Einige exotische Früchte, die der Delikatessenhändler besorgt hatte, mussten noch aufgeschnitten und angerichtet werden. Emma hatte damit alle Hände voll zu tun. Sie schälte und schnitt

Mangos, hantierte mit Guaves und Jackfruits, betrachtete Pomelos und Rose Apples und wunderte sich, was es alles für merkwürdige Früchte gab.
»Hübsch hast du das angerichtet«, lobte Mama ihre Tochter. »Du bist ja ein echtes Dekorationstalent.«
Emma leckte sich die triefenden Finger ab. Dann schielte sie zur Terrasse hinüber. Sönke war inzwischen angekommen und diskutierte lautstark mit den *Lazy Angels* über die Einstellungen der Anlage. Frau Delius erschien ständig im Garten, überwachte alles und wirkte supernervös. Mama dagegen war die Ruhe selbst, worüber sich Emma heimlich wunderte. Aber vielleicht hatte sie in den letzten Tagen vor der Party einfach schon ihren gesamten Hektikvorrat verbraucht.
Irgendwann tauchte schließlich auch Claudia auf, abgehetzt und bleich.
»Jetzt hat mich Hendrik endlich weggelassen«, berichtete sie. »Ich hoffe, ihr seid einigermaßen zurechtgekommen.«
Mama deutete auf Iris. »Wir haben eine Ersatzfrau angestellt.«
»Es war mir klar, dass heute alles danebengehen würde«, erklärte Claudia. »Ich hab gestern Abend eine Tarotkarte für heute gezogen, und was er-

scheint? Der TURM. Das bedeutet Zusammenbruch, Niedergang, die Katastrophe schlechthin. Am besten man bleibt an einem solchen Tag im Bett.«

Emma schnitt eine Grimasse. Es war wahrhaftig schon genug schief gelaufen. Claudia musste ihnen nicht noch mit ihren düsteren Ahnungen die Laune verderben!

»Prima habt ihr das gemacht«, lobte Claudia, nachdem sie sich umgesehen hatte. »Es ist mir wirklich sehr peinlich, dass ich gleich beim ersten Partyeinsatz ausfalle.«

Mama murmelte etwas davon, dass eine allein erziehende Mutter es eben besonders schwer habe. »Wie geht es Hendrik?«

»Ach, der Arme hat mal wieder eine Magen- und Darmgrippe«, antwortete Claudia. »Er hat heute noch nichts essen können, nur Kamillentee getrunken.«

Emma schoss durch den Kopf, dass es Hendrik im Prinzip gar nichts schadete, ein bisschen zu fasten.

»Entweder hat er sich den Magen verdorben oder es geht wieder ein Virus um«, vermutete Claudia.

Ein Virus? Iris und Emma wechselten einen besorgten Blick. Am Dienstag wollten sie doch wegfahren! Und bei *Verrückt nach Liebe* konnten sie wahrhaftig keine Darmgrippe gebrauchen!

Vorsichtshalber rückte Emma ein bisschen von Claudia ab, aber Claudia folgte ihr leider um den Tisch herum, um auf Mama einzureden. Emma hatte keine Lust, sich mit den gemeinen Hendrik-Viren anstecken zu lassen. Sie ging ein Stück weiter und begutachtete das thailändische Büffet. Es gab verschiedene Salate mit Reis oder Nudeln, etliche Fischsorten, geröstetes Huhn … Alles sah sehr lecker aus.

»Na, schon Hunger?«, fragte eine junge Angestellte des Restaurants, die Emmas Blicke bemerkt hatte.

Emma schüttelte den Kopf. »Was ist denn da drin?« Sie deutete auf eine große Suppenschüssel, die auf einer Warmhalteplatte stand.

»*Huu chalaam*«, antwortete das Mädchen und lächelte. »Haifischflossensuppe.«

Emma schüttelte sich innerlich. Das mochte probieren, wer wollte!

Die ersten Gäste trudelten ein und Emma verzog sich an die Bar, um für den Ausschank bereit zu sein. Ein hochgebockter Tisch bildete die Theke, davor standen einige Barhocker. Neben Cola, Bier und Mineralwasser gab es auch passende thailändische Getränke wie Kokoswasser und Orangenlimonade. Außerdem standen hinter Emma Flaschen mit Rot- und Weißwein, falls jemand Wein trinken wollte. Stilechter sollte jedoch *Mekong*, Reiswhisky, sein. Plötzlich lehnte Adeline an der Theke, gestylt mit tief ausgeschnittenem Glitzerpulli, passendem Stirnband und schrillem kurzem Rock. Ihre Wimpern waren schillernd goldgrün getuscht. Emma musste bei ihrem Anblick an ein Chamäleon denken.

»Leider gibt's kein Schlangenblut«, bedauerte Adeline. »Das wär echt was gewesen. In Thailand kann man nämlich richtiges Schlangenblut trinken, von Kobras und so. Aber es war zu schwierig, hier so was aufzutreiben.«

»Das hätte vielleicht auch Ärger mit dem Tierschutzverein gegeben«, meinte Emma. »Möchtest du was trinken?«

»Gib mir eine Cola, aber eisgekühlt.«

Emma schenkte ein, warf zwei Eiswürfel dazu und schob ihr das Glas über die Theke. Adeline verlangte einen grünen Trinkhalm und schlürfte langsam und geräuschvoll, während sie mit gelangweilter Miene umherspähte.

»In Thailand kann man an Imbissständen Wasserkäfer essen«, sagte sie. »Schmeckt echt lecker, ich

hab's in unserem letzten Urlaub ausprobiert. Drei Stück ersetzen eine ganze Mahlzeit.«
»Wer's mag«, erwiderte Emma und verzog keine Miene, obwohl sie im Sommer nur ihre Großeltern besucht hatte. Aber den Gefallen, Neid zu zeigen, tat sie Adeline nicht.
Adeline drehte sich zur Terrasse, blinzelte und wandte sich wieder Emma zu. »Wer ist denn der süße *Boy* dort oben?«
»Er heißt Sönke«, erwiderte Emma lässig. »Ein guter Bekannter von mir. Erstklassiger Keyboarder, DJ und CD-Produzent und demnächst wahrscheinlich im Filmgeschäft.«
Adelines Augen glitzerten. »Was du nicht sagst.«
Emma zuckte mit den Achseln und bediente einen kleinen Jungen mit Orangenlimonade. Er nahm das Glas und zog damit ab. Adeline dagegen lehnte noch immer an der Theke.
»Freust du dich auf Paris?«, fragte Emma, weil sie das Gefühl hatte, etwas sagen zu müssen.
»Sicher«, antwortete Adeline. »Paris ist schließlich was anderes als dieses öde Kaff.«
»Kannst du denn überhaupt gut genug Französisch?«, fragte Emma hinterhältig. Es war an der Schule bekannt, dass Adeline nicht gerade zu den Überfliegern zählte.

Adeline überhörte die Frage. »Wir werden direkt am *Bois de Boulogne* wohnen«, erzählte sie stattdessen. »Ich kann jeden Tag durch den Park joggen. Und ich kann's kaum erwarten, mir endlich mal richtig tolle Klamotten zu kaufen. Die kriegt man nur in Paris.«

»Klar«, sagte Emma. »Hier bekommt man ja bloß öde Fetzen.« Sie starrte demonstrativ auf Adelines Pullover.

»Das Teil hat mir mein Paps aus Skandinavien mitgebracht«, erklärte Adeline und zupfte an ihrem Ärmel.

»Ist mir gleich aufgefallen«, bestätigte Emma. »So rustikal handgestrickt, nicht? Und das Stirnband ist echt was für Skifahrer.« Langsam ging ihr Madame Arroganta schwer auf die Nerven. Emma fand, sie brauchte dringend einen Dämpfer.

Adeline saugte an ihrem Trinkhalm. »In Paris werden wir ein Riesenhaus haben. Total viel Platz. Ich krieg sogar ein eigenes Bad.«

»Wie schön für dich«, meinte Emma, während sie zwei weitere Leute bediente. »Hab ich dir schon erzählt, dass Iris und ich am Dienstag zum Fernsehen fahren? Superrolle. Beim Casting neulich haben wir den Regisseur persönlich kennen gelernt. Tja, und die Wahl ist auf uns gefallen. Normalerweise steh ich ja nicht so auf die deutschen Produktionen, aber man muss auch mal eine Ausnahme machen können, wenn das Drehbuch gut ist.«

Emma sah mit Genugtuung, dass Adeline daran zu kauen hatte. Ihre Stirn kräuselte sich und sie nagte an der Unterlippe.

»Ihr kommt ins Fernsehen?«, fragte sie nach. »Ehrlich?«

Emma nickte. »Vielleicht könnt ihr das Programm ja empfangen. Mit Satellitenschüssel. Oder Kabelanschluss. Ich schreib dir bei Gelegenheit das Sendedatum.«

Das war zu viel für Adeline. Sie drehte sich abrupt um und sagte: »Jetzt hab ich leider keine Zeit mehr, ich muss mich um meine Gäste kümmern. Es wollen sich total viele Leute von mir verabschieden.«

Emma grinste, als sie abzog.

In diesem Augenblick tauchte Iris neben ihr auf.

»Ich hab mit ihm geredet«, berichtete sie aufgeregt. Ihr Gesicht war knallrot.

»Mit wem?«

»Mit Sönke natürlich«, erzählte Iris hastig. »Er hat sich an mich erinnert. Das ist doch ein gutes Zeichen, oder? Ich meine, wenn ich ihm völlig gleich-

gültig wäre, dann würde ich ihm doch gar nicht auffallen, oder? Und dann hätte er mich auch nicht gefragt!«
Emma hatte Schwierigkeiten, Iris' Logik zu folgen.
»Und was hat er dich gefragt?«
»Ob ich weiß, wo das Klo ist.«
Emma stöhnte.
»Das ist immerhin besser, als wenn er überhaupt nicht mit mir geredet hätte«, fand Iris. »Wenn die Band spielt, werde ich hingehen und mir einen Song wünschen. Und dann werde ich ihm sagen, wie toll er Musik machen kann und dann –«
»Und dann bringst du ihm einen Teller Haifischflossensuppe und er ist dir für den Rest seines Lebens verfallen«, murmelte Emma. »Ich hatte inzwischen auch ein interessantes Gespräch.« Sie erzählte von Adeline. »Übrigens steht sie gerade bei Sönke«, stellte Emma dann fest und reckte den Hals. »Wahrscheinlich muss er sich jetzt anhören, dass sie ein eigenes Bad am *Bois de Bologne* kriegt.«
»Ich hasse Adeline«, sagte Iris im Brustton der Überzeugung.
Der Garten füllte sich immer mehr. Adelines Eltern schienen die halbe Stadt eingeladen zu haben. Die Gäste begrüßten die Gastgeber, Küsschen

links, Küsschen rechts, man überreichte Blumen oder Weinflaschen, danach wurde das Büffet gestürmt oder die Bar belagert. Emma und Iris kamen kaum nach, alle Wünsche zu erfüllen. Inzwischen brachte Claudia schon die ersten benutzten Gläser zurück.

»Die sollen gespült werden.«

»Wird gleich erledigt«, versprach Emma. Sie entkorkte gerade eine Weinflasche. »Sofort. Mir muss gerade noch ein zweites Paar Arme wachsen.«

Auf dem Rasen wurden die ersten Abschiedsreden gehalten. Jeder schien zu bedauern, dass die Familie Delius fortzog.

»Lauter Lügner«, meinte Emma und tauchte die schmutzigen Gläser ins Spülwasser. »Schau dir doch die fröhlichen Gesichter an. Normalerweise ist man bei so einem Anlass traurig. Gnadenlos schlechte Schauspieler! Würde ich alle beim Casting durchfallen lassen!«

Irgendwann kam Sönke an die Bar. Iris war so sehr damit beschäftigt, ihm in die Augen zu schauen, dass sie prompt die Cola verschüttete. Sönke lächelte, aber das Lächeln galt Emma.

»Na, schwer im Stress, wie?«

»Geht so. Und selbst?«

Sönke grinste. »Die *Lazy Angels* haben 'nen völlig

anderen Stil, aber es wird schon keine Schlägerei geben. Schließlich ist es ihre Schuld, wenn sie ihren Keyboarder vom Birnbaum fallen lassen.«

»Vom Kirschbaum«, stellte Iris richtig, aber Sönke hörte nicht zu, denn gerade kam Adeline, die ihr leeres Glas zurückbrachte.

»Hi, Sönke.« Sie lehnte sich dicht neben ihn und ließ ihren Pulli glitzern. »Wann legt ihr endlich los? Bin schon mächtig gespannt!«

»Wir auch«, sagten Emma und Iris wie aus einem Mund.

»Oh, jetzt seid ihr ja zu zweit«, bemerkte Adeline und streifte Iris mit einem abschätzigen Blick. Sie räkelte sich noch näher an Sönke heran. »Haben dir die beiden auch schon erzählt, dass sie ein Filmangebot haben?«

»Filmangebot?«, fragte Sönke überrascht. »Dass Emma Schauspielstunden nimmt, weiß ich.«

Adeline zog die Brauen hoch. »Wow, was du nicht sagst.«

»Was ist das für ein Filmangebot?«, wollte Sönke wissen.

»Eine Rolle im Fernsehen«, berichtete Iris. Emma trat ihr vorsichtshalber auf den Fuß. Sie brauchte ja nicht auszuplaudern, dass es sich nur um eine Statistenrolle in *Verrückt nach Liebe* handelte.

»Ehrlich wahr?« Sönke schaute von Emma zu Iris. »Toll!«
Iris war froh, dass sie endlich auch einmal von ihm beachtet wurde. »Am Dienstag fahren wir hin«, erzählte sie deshalb lautstark. »Ich bin schon total aufgeregt.«
Emma sah mit Schrecken, dass Mama ganz in der Nähe stand. Hoffentlich hatte sie noch nichts mitgekriegt! Der Ausflug sollte doch geheim bleiben!
Emma stieß Iris in die Seite. »Achtung, Feind hört mit«, zischte sie warnend.
Iris kapierte erst beim zweiten Rippenstoß, was los war, so sehr klebten ihre Augen an Sönke.
»Noch 'ne Cola?«, fragte Emma Adeline, um schnell das Thema zu wechseln.
Die lehnte ab. »Sorry, ich muss auf meine Linie achten.«
Emma musterte Adeline. Sie war genauso dürr wie ihre Mutter. Keine Andeutung von Busen. Selbst Iris' geliebter Wonderbra wäre hier zwecklos.
»Wenn du meinst«, sagte Emma. »Vielleicht ein Mineralwasser? Das hat null Kalorien.«
»Oder Kokoswasser?«, bot Iris an. »Das sind vielleicht drei Kalorien mehr.«
»Reiswhisky mit Soda?«, machte Emma weiter.

»Allerdings sind das bestimmt fette zwanzig Kalorien.«
»Orangenlimonade mit Schuss?«, fuhr Iris, mutig geworden, fort. »Fünfundsechzig Kalorien, aber nur, wenn man das Glas bloß halb einschenkt.«
Emma setzte noch eins drauf. »Haifischflossen-Cocktail mit Rum? Hundertdreißig Kalorien, aber heute ist ja auch ein besonderer Anlass zu feiern.«
Adeline drehte sich genervt zur Seite. Jetzt stand sie so dicht an Sönke, dass sich ihre Arme berührten. Iris wischte vor Eifersucht dreimal dasselbe Glas trocken.
»Spielst du schon lange Keyboard?«, fragte Adeline. »Find ich total interessant.«
Sönke lächelte geschmeichelt.
Adeline warf den Kopf in den Nacken und blitzte Sönke verwegen an.
Ungläubig beobachtete Emma, dass dieser Trick prompt funktionierte. Sönke begann leicht dümmlich zu grinsen, gleichzeitig trat ein bewundernder Ausdruck in seine Augen. Typisch Männer! Die fuhren doch immer wieder auf die gleiche Masche ab. Höchste Zeit, einzugreifen!
»Kannst du uns kurz ablösen?«, fragte Emma ihre Mutter und signalisierte ihr lautlos mit den Lip-

pen »Pinkelpause«. Dann packte sie Iris am Arm, übersah Adeline und sagte zu Sönke: »Kommst du mal grad mit, ja?«

Er kam tatsächlich. Adeline starrte ihnen wütend hinterher. Emma holte tief Luft. Manchmal musste man dem Glück auf die Sprünge helfen, vor allem, wenn es das Glück der besten Freundin war.

»Iris interessiert sich sehr für deine Musik«, plapperte sie los. »Sie spielt nämlich Klavier, schon seit Jahren. Der Anschlag ist beim Keyboard zwar anders, aber ich find's super, wenn man auf die

Tasten hauen kann und es klingt dann wie Trompete.«

Iris sagte gar nichts, sie war damit beschäftigt, abwechselnd knallrot und kreidebleich zu werden.

»Man kann auch einstellen, dass es so klingt, als würden zwei Instrumente gleichzeitig spielen«, ging Sönke bereitwillig auf das Thema ein.

Sie waren inzwischen auf der Terrasse angekommen.

»Ist ja Wahnsinn«, meinte Emma. »Ich spiel selber nicht, aber vielleicht kannst du Iris mal ein paar Stunden am Keyboard geben?«

»Gerne«, sagte Sönke. »Und wann?«

Emma schwieg. Jetzt war Iris dran.

Los, dein Einsatz, Iris! Sei nicht stumm wie ein Fisch. Im Flirten ist Adeline entschieden besser als du!

»Wann passt es dir denn?«, fragte Iris endlich hoffnungsvoll.

»Och, egal«, erwiderte Sönke. »Und dir?«

»Samstag vielleicht?«

Emma war mit sich und der Welt zufrieden. Na bitte, hatte sie das nicht prima gemanagt? Es klappte doch – auch wenn Adeline noch so sehr versuchte, Sönke mit ihrem Glitzerpulli zu blenden!

»Ich bin gleich wieder da«, flötete Emma, überließ die beiden ihrem Schicksal und schwebte ins Haus.
Das Bad war eine Pracht, riesengroß, mit edlen Fliesen und achteckigen Spiegeln, auf denen weiße Flamingos gemalt waren. Für die Gäste lagen flauschige Handtücher bereit, parfümierte Seife floss aus einem Spender, alles war vom Feinsten. Es fehlten nur noch die vergoldeten Wasserhähne.
Emma betrachtete ihr Spiegelbild.
»Hi, Emma. Später in Hollywood hast du mindestens drei solche Bäder mit Whirlpool und Stereoanlage und außerdem eine Putzfrau, die jede Woche den ganzen Mist putzt!«
Ihr Spiegelbild nickte ihr wohlwollend zu. Emma kämmte sich die Haare, probierte ein bisschen blaue Wimperntusche und untersuchte eine Schachtel mit Kopfschmerztabletten. Sie räumte erst das Bad, als der nächste Gast an der Tür klopfte.
Draußen spielten die *Lazy Angels* den ersten Song, *Lucy in the Sky with Diamonds,* einen Uralttitel von den Beatles. Sönke begleitete die Musiker nur mit einem Finger auf dem Keyboard, trotzdem klang es wie ein ganzes Orchester.
Es war inzwischen dämmrig. Die Partybeleuch-

tung kam jetzt gut zur Geltung; Lampion Hendrik flammte über dem Thai-Büffet. An der Bar stand Iris mit glückseliger Miene und bediente die Leute.

»Das werde ich dir nie vergessen, Emma«, flüsterte sie ihr zu.

Emma winkte ab. »Gern geschehen. Vielleicht krieg ich ja mal 'ne Kuppelshow im Fernsehen.«

»Einen Reiswhisky«, verlangte ein bärtiger Herr. Emma fand, dass er große Ähnlichkeit mit einem Gartenzwerg hatte: rotes Gesicht, dazu struppige rötlich-blonde Haare und eine runde Nickelbrille.

Emma schenkte ein und schob ihm das Glas hin. »Aber Vorsicht, das Zeug haut einen glatt um.«

Er prostete ihr zu. Emma grinste zurück, spülte Gläser, bediente die Gäste und beobachtete ansonsten die Leute. Ein paar fingen schon an, auf dem Rasen zu tanzen. Adeline stand am Büffet und schien sich nicht entscheiden zu können, was für ihre Linie am bekömmlichsten war. Wahrscheinlich vermisste sie die Wasserkäfer. Claudia unterhielt sich mit einem Mann, der bestimmt ein Jahrzehnt jünger war als sie und ihren Ausschnitt anhimmelte.

»Statt zu flirten, könnte sie lieber auch mal spü-

len«, knurrte Emma und stellte die gewaschenen Gläser umgekehrt auf ein Geschirrtuch.
So ein Partyjob war doch verdammt hart. Genau genommen eine gnadenlose Schufterei …
Irgendwann ließ Emmas Konzentration nach und sie fing an, die Getränke zu verwechseln.
Iris düste ab und zu los, um Sönke zu erwischen. Der Garten war nun ganz finster und über der Trauerweide stieg der Mond auf. Er war fast voll – genau wie der Gartenzwerg, dessen Zunge immer schwerer wurde.
»Noch einen«, verlangte er und schob sein leeres Glas wieder über die Theke. War es der vierte oder schon der fünfte Reiswhisky? Emma hatte vergessen mitzuzählen.
»Nichts mehr«, sagte sie energisch. »Schluss jetzt. Morgen ist Ihr Schädel garantiert so groß wie ein Heißluftballon.«
»Das ist mir ganz egal«, beteuerte der Bärtige.
Aber Emma blieb hart. Der Gartenzwerg wollte vom Barhocker rutschen, doch dabei fiel der Hocker um und der Mann plumpste auf den Boden.
Emma rannte eilig um die Theke, um ihn aufzuziehen. Die Gäste an den Tischen in der Nähe schauten interessiert herüber. Oberpeinlich! Puh,

wie schwer der Kerl war! Zum Glück kamen Mama und Claudia zu Hilfe und stellten ihn wieder auf die Beine.

»Am besten rufen wir Ihnen ein Taxi, das Sie nach Hause bringen soll«, bestimmte Mama. Zu Emma und Claudia gewandt, fügte sie hinzu: »Haltet ihn inzwischen gut fest, sonst fällt er noch in den Gartenteich und wir haben dann eine echte Whiskyleiche.«

Nachdem der Mann glücklich ins Taxi verfrachtet worden war, gähnte Emma am laufenden Band.

»Hey, was ist bloß mit mir los? Papp ist doch gar nicht da. Aber das Wetter hat gehalten, ist das nicht toll?«

»Ich glaube, ich fahre dich und Iris besser heim«, beschloss Mama. »Es ist nach Mitternacht und am Ende kriegen wir noch Ärger mit dem Jugendschutz. Den Rest können Claudia und ich gut allein erledigen.«

»Ja, Claudia kann auch mal die fahrbare Geschirrspülmaschine sein«, meinte Emma und gähnte schon wieder. Ihr reichte es wirklich. Alles, wonach sie sich jetzt sehnte, war der Abschied von der Abschiedsparty.

Plötzlich stand Adeline vor ihr und drückte ihr einen Zettel in die Hand.

»Hier ist meine neue Adresse. Die kriegen eigentlich nur enge Freunde, aber bei dir mach ich eine Ausnahme.« Sie lächelte betont herzlich. »Falls dein Filmteam irgendwann noch Leute braucht, denk an mich! Vielleicht kommst du ja mit deinem Produzenten auch mal nach Paris! Vergiss auf keinen Fall, mir zu schreiben, wann man dich im Fernsehen sehen kann. Ciao.« Sie verschwand.
Emma steckte den Zettel rasch in die Tasche, aber Mama hatte jedes Wort mitgekriegt. »Fernsehen?«, fragte sie hellhörig.
»Ach, ich hab mich als Kandidatin für eine Talkshow beworben«, log Emma. »*Kinderarbeit in Deutschland – Ausgebeutete berichten.*«
»Wehe!«, sagte Mama drohend.
»Alles nur Quatsch«, beteuerte Emma. »*Ich* komm bestimmt nicht ins Fernsehen.« Sie blinzelte Iris zu.
»Wie solltest du auch«, meinte Mama. »Na, dann lasst euch mal nach Hause fahren, ihr armen ausgebeuteten Geschöpfe!«

Magermilch für Magnus

»Die Party war ein voller Erfolg«, zog Mama am nächsten Tag Bilanz. »Ich bin all meine Visitenkarten losgeworden.«
»Und wir sind Adeline losgeworden, das ist noch viel besser«, fand Emma und stellte sich genüsslich vor, wie Adeline in Zukunft durch den *Bois de Bologne* joggen und dabei Slalom um die Pariser Hundehäufchen laufen würde.
»Um zwei Uhr waren noch immer Gäste da«, berichtete Mama. »Ein paar Leute wollten einfach nicht gehen. Dann hat dein Freund Sönke ein ganz schauderhaftes Musikstück gespielt und plötzlich sind alle furchtbar eilig aufgebrochen.«
Emma grinste. »Das war bestimmt *Das galaktische Chaos*. Vielleicht sollte sich Adeline eine CD von Sönke nach Paris mitnehmen, falls sie mal wieder zu anhängliche Gäste haben.«
Mama lächelte. »Unser Partyservice sollte auch so eine CD in Reserve haben – für alle Fälle ... Übrigens müssen wir noch abrechnen.«
»Wird auch Zeit, sonst hätte ich Verzugszinsen verlangt«, entgegnete Emma. Sie folgte ihrer Mutter ins Schlafzimmer.

Die legte einige Geldscheine aufs Bett. Es war mehr als abgemacht.
»So viel?«, wunderte sich Emma.
»Katastrophenzuschlag«, meinte Mama. »Außerdem muss ich dich ja bei Laune halten, damit du mich das nächste Mal wieder so toll unterstützt. Iris bekommt übrigens auch noch ihr Geld.«
»Danke, Mama.« Emma steckte die Scheine ein. Davon konnte sie nicht nur die Fahrkarte bezahlen, sondern es würde sogar noch etwas übrig bleiben.
»Am Dienstag macht unsere Klasse übrigens eine Vogelstimmenwanderung. Hab ich dir schon davon erzählt?«, fragte sie mit unschuldiger Miene. »Wir müssen ganz früh los.«
»Eine Vogelstimmenwanderung?«, hakte Mama nach. »Hier in der Stadt?«
»Nein, wir fahren raus aufs Land«, log Emma. »Dort gibt es eine ganze Menge Vögel. Du weißt schon, Amsel, Drossel, Fink und Lerche … Wenn wir Glück haben, hören wir sogar eine Nachtigall.«
»Schön, dass sich euer Lehrer so für die Natur einsetzt«, lobte Mama.
Emma lächelte schief. Zum Glück läutete in diesem Moment das Telefon. Kurz darauf stürzte

Sven ins Schlafzimmer und plärrte: »Für dich, Emma.«
»Wer ist es?«, wollte Emma wissen.
»Ein Junge.«
»Sönke?«, überlegte Emma laut. Hoffentlich wollte er sich nicht wieder mit ihr verabreden. Das würde todsicher Zoff mit Iris geben!
Aber zu Emmas Überraschung war Hendrik am Apparat. Mit ihm hatte sie überhaupt nicht gerechnet, denn seit dem Geburtstag war er auf Tauchstation gegangen. Die Küsserei mit Sönke hatte er ihr so übel genommen, dass er sich in Stillschweigen hüllte.
»Hallo, Hendrik!« Emma versuchte, ihre Stimme unbefangen klingen zu lassen. »Wie geht's?«
»Ich hab's überlebt.«
»Ach ja, deine Mutter hat erzählt, dass du krank warst.«
Emma erhielt eine detaillierte Beschreibung, wie oft er sich erbrochen hatte. Hendrik versicherte jedoch, dass er sich schon wieder wohler fühlte. Dann druckste er herum und Emma spürte, dass er etwas auf dem Herzen hatte.
Nicht schon wieder eine Liebeserklärung! Das stand sie nicht durch! Claudia behauptete steif und fest, Emma und Hendrik würden sternzei-

chenmäßig fantastisch zusammenpassen, aber Emma hatte nicht die geringste Lust, sich von den Sternzeichen oder von Claudia tyrannisieren zu lassen.

»Es tut mir echt Leid, dass ich mich so lange nicht gemeldet habe«, gestand Hendrik. »Das war ziemlich unhöflich von mir. Aber ich war stinksauer, weißt du.«

»Hm.« *Klar hab ich's gemerkt, ich bin doch nicht so doof wie du.*

»Ich bin zu jung für dich«, sagte Hendrik wehleidig. »Eine Woche Altersunterschied ist zu viel.«

»Das sind Welten«, bestätigte Emma.

»Es ist das Universum«, ergänzte Hendrik. »Wie der Abstand von einem Stern zum anderen. Außerdem war es dumm von mir, dass ich den Unterschied zwischen einem Teleskop und einem Mikroskop nicht gekannt habe.«

»Ein Teleskop wär auch viel zu teuer gewesen«, sagte Emma. »Ich will nicht, dass du mir so teure Geschenke machst. Das Mikroskop war schon zu viel.«

»Ach, Emma …«

Jetzt wird er gleich sagen, dass ihm für mich nichts zu teuer ist.

»Ich werd es mir abgewöhnen, in dich verliebt zu

sein.« Es klang so schmerzlich, als würde sich Hendrik vornehmen, fünf Kilo abzunehmen. Zu einer Liebesdiät gehörte ein starker Wille.

»Wir können Freunde bleiben«, sagte Emma aufmunternd.

»Es wird bestimmt lange dauern, bis ich aufhöre, dich zu lieben«, jammerte Hendrik.

»Du wirst es schaffen, Hendrik. Du bist stark.«

»Mach's gut, Emma. Ich muss mich jetzt wieder hinlegen, ich zittere am ganzen Körper.«

»Gute Besserung, Hendrik.«

Emma legte auf. Ihr war ein bisschen schwindelig von dem anstrengenden Gespräch.

»Ich bin froh, dass du dich wieder mit Hendrik verträgst«, bemerkte Mama, die einige Gesprächsfetzen mitbekommen hatte. »Claudia und ich haben schon überlegt, was wir tun können. Euer Streit hat unsere Freundschaft ganz schön belastet, weißt du. Ihr wart doch immer ein Herz und eine Seele.«

»Aber ich will ihn nicht küssen«, sagte Emma und stampfte mit dem Fuß auf.

»Das verlangt auch niemand von dir«, besänftigte Mama sie.

Emma sah Mama skeptisch an. »Na hoffentlich.«

Am nächsten Tag fuhren Emma und Iris nach der Schule zum Bahnhof, ließen sich die Verbindung heraussuchen und kauften sich zwei Fahrkarten.
»Morgen sehe ich Magnus!« Iris starrte auf ihre Fahrkarte. »Wirklich und leibhaftig! Mann, hoffentlich halte ich das überhaupt aus. Wenn ich mit ihm rede, werd ich bestimmt ohnmächtig. Ich bin bestimmt noch schlimmer aufgeregt als bei Sönke!«
Liebe ist eine Mischung aus Wahnsinn und Lampenfieber, schoss es Emma durch den Kopf. Lampenfieber konnte man mit Baldrian abstellen, aber wie kam man dem Wahnsinn bei?
»Ich kann nicht riskieren, dass du morgen zusammenklappst«, meinte Emma. »Du sollst ins Fernsehen kommen, verflixt noch mal!«
Obwohl Iris protestierte, schleppte Emma ihre Freundin zur Bahnhofsapotheke und kaufte extrastarke Baldriantropfen.
In der Nacht schlief Emma so unruhig, dass sie die Baldriantropfen fast selbst gebraucht hätte. Sie träumte, sie würde mit Magnus an der Bar sitzen. Plötzlich verlor sie das Gleichgewicht, fiel vom Barhocker und ihr Drink ergoss sich auf Magnus' blütenweiße Hose …
Sie wachte auf und war patschnass geschwitzt.

Dann fiel ihr ein, dass ja Iris im Fernsehen auftreten würde und nicht sie! Emmas Herzschlag beruhigte sich. Doch kaum war sie wieder eingeschlafen, klingelte der Wecker. Vier Uhr!
Schlaftrunken tappte Emma ins Bad, spritzte sich das Gesicht nass, zog sich an und griff nach dem Rucksack, den sie am Abend zuvor gepackt hatte.
Als sie die Treppe hinuntergehen wollte, steckte Mama den Kopf aus der Schlafzimmertür.
»Soll ich dir Frühstück machen?«
Emma verneinte. »Ich steck mir für unterwegs ein Brötchen ein. Jetzt krieg ich sowieso noch nichts runter.«
Sie hörte Papa im Hintergrund brummeln, dass eine Vogelstimmenwanderung mitten in der Nacht eine blödsinnige Idee sei.
»Viel Spaß«, wünschte Mama und verschwand wieder im Bett.
Unten in der Küche verstaute Emma außer dem Brötchen noch zwei Tafeln Schokolade im Rucksack. Dann fiel die Haustür hinter ihr zu.
Draußen wurde es gerade erst hell; die Straßen waren leer und verlassen. Eine Katze sprang unter einem parkenden Auto hervor und erschreckte Emma fast zu Tode.
Die Nerven!

Emma war froh, als sie die Haltestelle erreichte und bald darauf der Bus kam. Er war fast leer. Der Fahrer sah so bleich aus wie ein Vampir. Emma verkroch sich fröstelnd in ihren Sitz und starrte zum Fenster hinaus. Erst als zwei Haltestellen später Iris einstieg, erwachte in ihr wieder die Abenteuerlust.

»Hi, Iris!«

»Ich hab die ganze Nacht von Magnus geträumt«, seufzte Iris und ließ sich neben sie plumpsen. »Wir haben uns geküsst und er hat mich gefragt, ob ich mit ihm nach Polynesien komme.«

»Wie ungerecht, ich hab bloß geträumt, dass ich ihm einen Drink auf die Hose gieße.« Emma gähnte.

»Ich bin in großem Konflikt, ob ich jetzt Magnus oder Sönke liebe«, gestand Iris. »Wenn ich heute Magnus küsse, dann kann ich schlecht am Samstag zu Sönke gehen, oder?«

»O Mann!« Emma verdrehte die Augen. »Küss beide oder keinen oder such dir einen raus. Du kommst ins Fernsehen, Iris! Du spielst 'ne echte Rolle! Ist das nicht wichtiger als nur immer an Typen zu denken?«

Iris' Antwort war ein tiefer Seufzer und Emma zuckte die Achseln.

Sie waren beide ziemlich zappelig, als sie am Bahnhof ankamen. Aber sie fanden das richtige Gleis, der Zug war pünktlich und die Mädchen hatten sogar ein Abteil für sich.

»Wir müssen dich noch ordentlich stylen, damit du für achtzehn durchgehst«, sagte Emma, nachdem sie ihre Freundin kritisch begutachtet hatte.

»Mama hat mich schon gefragt, warum ich mich für die Vogelstimmenwanderung so aufbrezele«, meinte Iris.

Mit Kajalstift und Haarspray, Rouge und Wimperntusche, Lipgloss und Ohrringen waren die Mädchen so beschäftigt, dass sie fast ihren Umsteigebahnhof verpassten. Sie schafften es gerade noch, obwohl Iris um ein Haar ihren Rucksack liegen gelassen hätte.

Je näher sie ihrem Ziel kamen, desto nervöser wurde Iris. Sie malte sich aus, was alles schief gehen konnte.

»Und wenn ich die Szene verpatze? Du hast doch gesehen, wie unbegabt ich bin! Oder wenn sie mich von ganz nah filmen? Wenn ich irgendeinen Idioten vor der Kamera küssen muss? Ach Emma, ich kann das nicht! Lass uns wieder heimfahren!«

»Du spinnst wohl!« Emma tippte sich an die Stirn.

»Kneifen gibt's nicht. Jetzt sind wir unterwegs, also fahren wir auch zu den Studios! Mann – so eine Chance wie heute kriegst du so schnell nicht noch mal!«

Iris schüttelte den Kopf. »Ich glaube, ich will gar keine Chance!«, jammerte sie. »Ich will nach Hause!«

»Du bist feige!«

»Ja, ja, ja, ich weiß.« Iris kaute vor lauter Verzweiflung auf ihren Haarspitzen herum.

»Lass das, deine Frisur ist sonst hin«, warnte Emma.

»Das ist mir völlig egal.«

»Mir aber nicht! Jetzt reiß dich gefälligst zusammen.«

Iris vergrub mutlos ihr Gesicht in den Händen. Als sie den Kopf wieder hob, stöhnte Emma. Sie hatte es geahnt. Das sorgfältige Makeup war zerstört. Iris sah aus wie ein verkleckerter Farbkasten.

»Auweia, schöne Bescherung.« Emma zückte ein Taschentuch.

»Es soll eben nicht sein«, klagte Iris.

»Quatsch, auf dem Bahnhof bringen wir wieder alles in Ordnung.«

Doch die Bahnhofstoilette war eine Baustelle. Nach einigem Suchen fanden Emma und Iris ganz in der Nähe ein Café. Iris sah hektisch auf die Uhr.

»Wir kommen zu spät!«

»Es ist noch genug Zeit.« Emma schubste Iris in Richtung Toilette. Vor dem Spiegel richteten sich die beiden Mädchen her.

»Du siehst viel älter aus als ich«, stellte Iris schließlich fest, als sie ihr Schminktäschchen zuklappte.

»Und du siehst viel elender aus als ich«, erwiderte Emma. »He, was ist los mit dir?«

Iris gab keine Antwort, sondern verschwand schleunigst in der Kabine.

Emma lehnte sich genervt an die Wand. Wenn Iris jetzt schon Durchfall hatte, dann würde der Tag bestimmt lustig werden!

Fünf Minuten später standen die beiden vor dem S- und U-Bahnplan und versuchten sich zu orientieren.

»Ich blicke überhaupt nicht durch«, meinte Iris.

»Wir müssen die Linie 4 nehmen.«

»Ich weiß nicht, wie man die Fahrkarten löst.«

»Steht doch auf dem Automaten drauf«, fauchte Emma. »Jetzt spiel nicht dauernd die dämliche Kuh! Monatelang liegst du mir in den Ohren, dass du dein Leben dafür geben würdest, um einmal

Magnus zu sehen. Jetzt ist es so weit und du willst einfach umdrehen.«

»Mann!«, schrie Iris hysterisch. »Du hast's gut. Du musst ja nicht ins Fernsehen! Du machst dir einen schönen Tag und schaust zu, wie ich mich vor der Kamera blamiere!«

Emma starrte ihre Freundin sprachlos an. Sie war das beste Beispiel dafür, dass auf Gefühle einfach kein Verlass war: die sehnlichsten Wünsche konnten plötzlich zum Alptraum werden.

»Na gut«, sagte Emma entschlossen. »Dann tauschen wir eben. Ich spiele die Statistenrolle – und du bist die Begleitung. Basta.«

Iris sah sofort erleichtert aus. Sie fiel Emma um den Hals. »Das find ich unheimlich lieb von dir.«

Als sie in der Straßenbahn saßen, war Emma sehr schweigsam. Innerlich kämpfte sie mit sich. Sollte sie wirklich in einer Soap mitspielen? *Verrückt nach Liebe* war nun mal nicht vergleichbar mit den großen Hollywoodfilmen. Und Frau Weber-Blömcke hatte für Soaps auch kein gutes Wort übrig. »Dilettanten« war noch das freundlichste Urteil, das sie über die Fernsehstars abgab. Andererseits – es gab viele Schauspieler, die mit winzigen Nebenrollen angefangen und dann den Sprung nach Amerika geschafft hatten.

Ich tu's aus Freundschaft, dachte Emma, schließlich kann ich Iris nicht hängen lassen. Und ich werde mein Bestes geben, selbst wenn die Rolle noch so unbedeutend ist.

»Frau Lerche-D'Avolo, erinnern Sie sich noch, wie Sie angefangen haben?« – »Oh ja, natürlich. Ich war dreizehn und sollte eine Statistenrolle in einer dieser unsäglichen Soaps übernehmen. Ich hatte vorher entsetzliches Lampenfieber, aber als wir dann gedreht haben, war alles weg. (Lachen) Ich hab alle an die Wand gespielt. Hinterher hörte ich zufällig ein Gespräch zwischen dem Regisseur und dem Produzenten. ›Die Kleine hat Talent‹, sagte der Produzent. ›Wir sollten ihre Rolle ausbauen.‹ – Tja, so hat damals alles begonnen.« – »Und nun gehören Sie, Frau Lerche-D'Avolo, zu den ganz großen Stars. Danke für das Interview!«

»Gerne«, sagte Emma lächelnd.

»Was hast du gesagt?«, fragte Iris irritiert.

»Gern mach ich es aber nicht! Du brauchst mir nachher nicht vorwerfen, dass ich mir die Rolle unter den Nagel gerissen habe. Ich springe nur aus Freundschaft ein!«

»Na klar, das weiß ich doch.«

»Egal, was passiert?«

»Oh Emma, selbst wenn du dich furchtbar lächerlich machst, werde ich keine Sekunde über dich lachen«, sagte Iris feierlich und hob die Hand zum Schwur. »Ich werde immer deine Freundin sein. Und ich werde es dir nie vergessen, dass du es mir ermöglicht hast, Magnus zu treffen. Auch wenn ich inzwischen Sönke liebe. Mist, wie soll ich mich bloß entscheiden, falls Magnus plötzlich voll auf mich abfährt?«

In diesem Augenblick nuschelte es im Lautsprecher über ihren Köpfen.

»Hat das jetzt *Lindentor* geheißen?«, fragte Iris und griff nach ihrem Rucksack. »Los, Emma, nichts wie raus!«

An der Haltestelle studierten die beiden Mädchen noch einmal den Studioplan.

»Wir müssen zu Tor Zwei«, stellte Emma fest.

»Zwei ist meine Glückszahl«, strahlte Iris.

»Ich dachte, es ist die Sieben?«

»Die auch.«

Emma seufzte und steckte den Plan ein. Die beiden Mädchen trabten los. Bis sie den Eingang gefunden hatte, war es einige Minuten nach acht.

»Wir sind doch zu spät«, jammerte Iris. »Und was, wenn ich Magnus verpasse? Dann war alles umsonst!«

»Dann hast du doch immer noch Sönke«, beruhigte Emma ihre Freundin.

An der Pforte stand schon eine Schlange – eine Schulklasse mit dreißig grinsenden, schnatternden und schubsenden Schülern. Entschlossen drängte Emma sich vor. »Lasst uns durch«, verlangte sie. »Wir gehören dazu, wir müssen gleich drehen.«

»Haha, das kann jeder sagen«, höhnte ein sommersprossiger Dicker, der Emma entfernt an Hendrik erinnerte. Ein Mädchen zeigte ihr sogar den Vogel.

»Mensch, seid ihr denn alle blind?«, rief jemand aus der Menge. »Das ist doch die Anja!«

»Na klar, die Anja!«

Alle Aufmerksamkeit richtete sich plötzlich auf Emma. Sie spürte, wie sie angestarrt wurde und errötete.

»Krieg ich ein Autogramm?«, bettelte ein Mädchen und fuchtelte ihr mit einem Zettel vor der Nase herum.

Reagiere gefälligst, Emma! Nicht umsonst war dein unbekannter Vater ein großer Schauspieler!

Okay, okay, Daddy!

Emma winkte ab. »Später, in der Drehpause«, sagte sie cool. »Sorry, aber wir haben es jetzt wirklich eilig.«

Eine Gasse entstand und Emma und Iris konnten hindurch.
Der Pförtner sah die beiden Mädchen stirnrunzelnd an. »Gehört ihr auch zu der Klasse?«
»Wir haben eine Statistenrolle gewonnen.« Iris suchte hastig in ihrem Rucksack nach der Einladung. Sie fand ihre Fahrkarte, zwei Lippenstifte, ihre Haarbürste. Endlich – das Schreiben von Radio Primadonna! »Hier.«
Der Pförtner studierte den Brief so genau, als sei er ein gefälschter Geldschein.
»Und wer ist Iris?«, fragte er.
»Ich«, sagten Emma und Iris wie aus einem Mund.
»Wer nun?«, schnauzte der Pförtner ärgerlich.
»Ich bin Iris«, sagte Iris. »Aber meine Freundin soll die Rolle spielen.«
»Weil sich Iris heute nicht ganz wohl fühlt«, ergänzte Emma.«
»Halle Drei«, knurrte der Pförtner und gab Iris die Einladung zurück.
»Drei ist meine Glückszahl«, trällerte Iris, als sie über das Studiogelände gingen.
Emma beschloss, nichts dazu zu sagen. Iris war nicht mehr zurechnungsfähig. Der Liebeswahn war voll ausgebrochen und die kleinen grauen Zel-

len in ihrem Gehirn hatten ihre Funktion eingestellt. Halle Drei war ein hässliches, flaches Gebäude. Kaum zu glauben, dass darin fast die ganze Welt von *Verrückt nach Liebe* steckte!

»Ich bin gespannt, bei welcher Szene ich mitspielen muss«, grübelte Emma. »Wahrscheinlich in der Kneipe, in *Charlys Bistro.*« Mit Unbehagen erinnerte sie sich an ihren Traum. »Ob wir da umsonst was zu trinken kriegen? Gegen ein Frühstück hätte ich jetzt auch nichts.«

Iris verspürte jedoch nicht den geringsten Appetit. Sie hatte nur Magnus im Kopf und ihre Augen glänzten vor Aufregung.

»Wow, ich werd ihn sehen, gleich werd ich ihn sehen – oh, ich raff's nicht!«

»Wer ist eigentlich diese Anja, mit der ich verwechselt worden bin?«, fragte Emma. Iris war schließlich die Expertin für *Verrückt nach Liebe.*

»Anja ist die Großnichte von Frau Deichsel«, klärte Iris sie auf. »Sie war mal für kurze Zeit Magnus' Freundin. Es klappte ganz gut mit den beiden, doch dann hatte die Schauspielerin keine Lust mehr oder ein besseres Angebot, jedenfalls ist sie ausgestiegen. In der Serie kam sie durch einen Autounfall um. Magnus musste eine Zeitlang furchtbar um sie trauern.«

»Aha«, sagte Emma. »Sehe ich ihr tatsächlich ähnlich?«

Iris guckte Emma kritisch an. »Ja, doch, jetzt, wo du es sagst, fällt es mir auch auf. Besonders um die Nase herum.«

Emma wusste nicht, ob sie sich darüber freuen sollte oder nicht. War es günstig, wenn man nasenmäßig aussah wie eine andere Schauspielerin?

»Ist diese Anja nach Hollywood gegangen?«

»Keine Ahnung, aber neulich hat sie in einem *Tatort*-Krimi mitgespielt. Als Leiche.«

»Hm«, brummte Emma nachdenklich. »Dann hat sie ja dauernd ziemlich blöde Rollen. Erst den Autounfall, dann Leiche …«

»Dort vorne läuft Frederik!«, schrie Iris so plötzlich, dass Emma das Gefühl hatte, ihr Trommelfell müsse gleich platzen. »Huhuuuu, Frederik!« Sie winkte wie wild.

Ein junger blonder Mann, der gerade über den Platz joggte, blieb stehen und sah zu den Mädchen herüber. »Sucht ihr jemanden?«, rief er zurück.

»Wir sind Statisten und sollen heute mitspielen«, schrie Emma.

»Nein, nur sie!«, berichtigte Iris und deutete auf Emma.

Frederik kam auf die Mädchen zu. »Seid ihr nicht von eurem Hotel abgeholt worden?«

»Wir sind mit dem Zug gekommen«, erklärte Emma.

»Ach so, dann seid ihr nicht die Gewinner von *Sunshine*-Schokolade? Oder von *Dreamland*-Bettwäsche?«

»Ich hab im Radio Primadonna eine Rolle gewonnen«, sagte Emma.

»Den Brief hab ich dabei«, ergänzte Iris und suchte in ihrem Rucksack, aber Frederik winkte ab.

»Ich glaub's auch so. Hier gewinnen ständig irgendwelche Leute. Kommt mit.«

Er grinste und drehte sich um.

Iris hielt sich an Emmas Arm fest.

»Der ist ja unglaublich nett«, flüsterte sie mit liebeskrankem Blick. »Und er sieht tatsächlich aus wie Brad Pitt!«

Emma unterdrückte ein Stöhnen. Wenn Iris schon so bei Frederik ausrastete, in den sie ja nur ein Drittel verliebt war, wie sollte es dann erst bei Magnus werden?

Sie betraten die Halle. Sofort spürte Emma ein heftiges Kribbeln. Hier war die Welt der Kameras, hier wurde gedreht, hier konnten die Schauspieler zeigen, was in ihnen steckte!

»Ich bring euch erst mal in den Aufenthaltsraum«, kündigte Frederik an. »Dort werdet ihr geholt, wenn Statisten gebraucht werden.«
Iris stolperte hinter ihm her. Emma wäre gern stehen geblieben, um sich in Ruhe umzugucken. Sie kamen an Zimmern vorbei, in denen jeweils eine Wand fehlte. Einige Einrichtungen kamen Emma bekannt vor. In diesem Wohnzimmer hatte sich Magnus neulich mit seiner Mutter gestritten. Hier war die Dusche, aus der Frederik schon ein Dutzend Mal hervorgekommen war, immer mit demselben grünen Handtuch um den Hüften. Emma war fasziniert. Sie fühlte sich zwischen den Kulissen schon richtig zu Hause.
Viel zu schnell landeten sie im Aufenthaltsraum. Er war halb besetzt. Die Leute – meistens Männer und Frauen um die zwanzig – schauten neugierig zur Tür, als sie eintraten.
»Setzt euch. Ihr werdet nachher abgeholt«, sagte Frederik und zog sich zurück.
Iris und Emma hockten sich an einen freien Tisch. Auf der Platte lagen Autogrammkarten von den Stars der Serie. Iris packte einige Karten ein.
»Hoffentlich dauert es nicht so lange«, murmelte Emma. Sie war ein bisschen enttäuscht, weil so viele andere Leute da waren. Sie hatte gedacht,

dass man sie und Iris als etwas Besonderes behandeln würde. Na ja, immerhin waren sie hier, live am Drehort …

In der Ecke stand ein Fernsehgerät, auf dem gerade eine ältere Folge von *Verrückt nach Liebe* über den Bildschirm flimmerte.

Es wurde neun, es wurde zehn Uhr. Emmas Magen knurrte. Ab und zu ging die Tür auf. Manchmal kamen neue Leute herein und setzten sich. Gelegentlich tauchte ein Regisseur auf (zumindest nahm Emma an, dass es ein Regisseur war), wählte ein oder zwei aus dem Raum aus und nahm sie mit. Die anderen mussten weiterhin warten.

Um elf Uhr – eben war die sechste Folge von *Verrückt nach Liebe* zu Ende (Emma hatte Kopfweh und miese Laune, außerdem musste sie dringend aufs Klo) – wurde die Tür ruckartig aufgerissen und der Regisseur erschien wieder, aber diesmal in Begleitung: Magnus.

Iris saß stocksteif da und starrte ihn mit offenem Mund an.

»Klar, du redest ja immer ein Wörtchen mit«, sagte der Regisseur gerade gereizt.

»Es lohnt sich kaum noch anzufangen«, meckerte Magnus. »Ich will pünktlich in die Mittagspause.«

»Bis zwölf Uhr haben wir die Szene im Kasten«, antwortete der Regisseur. »Jetzt guck endlich, ist was Brauchbares dabei?«
Magnus schaute alle an. Iris wurde fast ohnmächtig. Sein Blick blieb an Emma hängen.
»Die da.«
Es gab einen Pfeifton, so ruckartig holte Iris Luft. Emma war erleichtert, dass die Warterei ein Ende hatte und sie aufstehen durfte.
Die Mädchen erhoben sich gleichzeitig.
»Stopp, wir brauchen nur eine«, bremste der Regisseur.
»Ich will bloß zugucken«, krächzte Iris.
Die beiden Männer wechselten einen Blick.
»Meinetwegen«, sagte Magnus gnädig.
Sie gingen einen Korridor entlang. Emmas Knie waren weich wie Schlagsahne. Hatte sie sich wirklich eingebildet, dass sie kein Lampenfieber haben würde? Und warum wummerte dann ihr Herz so?
Der Regisseur drehte sich nach ihr um. »Du musst gleich in die Maske, äh – wie heißt du?«
»Emma.«
»Ich bin Werner.« Er schüttelte ihr kurz die Hand.
»Du musst älter geschminkt werden«, befahl er

dann. »Du siehst nämlich aus wie dreizehn. Das passt nicht für die Szene. Wie alt bist du?«

»Sechzehn«, log Emma. Würde er sie jetzt rausschmeißen?

»Na ja, lass dich von unserer Fritzi so auf achtzehn, neunzehn trimmen.«

Mit klopfendem Herzen nahm Emma in der Maske Platz. Sie war total aufgeregt. Eine ältere Frau begann sie mit geübten Griffen zu schminken und zu pudern. Emma beobachtete im Spiegel, wie ihr Gesicht immer fremder aussah.

»An irgendwen erinnerst du mich«, meinte Fritzi und legte noch eine letzte Puderschicht auf.

»Wo ist das Klo?«, fragte Emma mit kläglicher Stimme.

Fritzi zeigte ihr die Tür. »Komm aber dann sofort in die Garderobe, Magnus wartet nicht gern.«

Emma beeilte sich. In der Garderobe musste sie eine beige Jacke anziehen. Während sie sich noch im Spiegel betrachtete, wurde die Tür aufgerissen und der Regisseur erschien wieder.

»Wo bleibt das Mädchen?«

»Schon fertig, Werner.«

Der Regisseur guckte Emma von oben bis unten an. »Hm, geht so. Vielleicht noch irgendwas für den Kopf?«

Man drückte Emma eine Baseballkappe auf den Schädel.
»Lieber verkehrt rum«, befahl Werner.
Die Kappe wurde um hundertachtzig Grad gedreht.
»Okay.« Werner nickte. »Jetzt komm.«
Emma folgte ihm. Plötzlich stand sie, irritiert von Scheinwerfern, mitten in einem Supermarkt. Sie erkannte die Szenerie wieder. Es war der Discountladen, in dem Mutter Deichsel an der Kasse saß und tippte.
Werner erklärte ihr kurz, worum es in der folgenden Szene ging.
»Magnus erledigt seine Einkäufe. Er ist völlig in Gedanken, weil er nicht weiß, ob er heiraten soll oder nicht.«
»Denn Daniela hat ihr Baby ja verloren und er muss sie gar nicht mehr heiraten«, murmelte Emma.
»Richtig.« Der Regisseur stutzte. »Woher weißt du das? Die Folge ist noch gar nicht gezeigt worden.«
»Das hab ich mir nur so gedacht«, erwiderte Emma und wurde knallrot. Verdammt, bestimmt hatte sie jetzt etwas Falsches gesagt. Sie hätte behaupten sollen, sie sei ein großer Fan von *Verrückt*

nach Liebe und würde alles über die Soap sammeln. Mist, zu spät, Chance verpasst …

»Magnus denkt also nach«, fuhr der Regisseur mit seinen Erklärungen fort. »Und weil er nicht aufpasst, stößt er mit einem anderen Einkaufswagen zusammen. Den Wagen schiebst du.«

Emma nickte. Das hörte sich nicht sehr schwierig an.

»Magnus entschuldigt sich und du gehst weiter.«

»Hm.« Emma überlegte. »Und was passiert dann noch?«

»Magnus kauft noch mehr Sachen ein und beobachtet dabei einen Ladendieb. Er verfolgt ihn und wird von einem Auto angefahren. Im Krankenhaus verliebt sich Magnus in eine Krankenschwester und weiß, dass er Daniela nicht heiraten wird.«

Emma nickte wieder, obwohl sie am liebsten gesagt hätte, dass ihr die Sache mit dem Dieb nicht besonders gefiel.

»Okay. Können wir? Hier ist der Einkaufswagen. Du gehst einfach da am Regal entlang und Magnus rammt dich.« Werner drehte sich zum Kameramann um. »Pass auf, dass du das Regal gut drauf kriegst. Die Firma besteht darauf, dass man ihre Produkte auch deutlich sieht. Wir haben schon das

letzte Mal Ärger mit *Melkies Magermilch* gekriegt.«

Jemand überprüfte, ob die Szene gut ausgeleuchtet war. Einige Einstellungen am Scheinwerfer wurden verändert. Emma fühlte, wie die Spannung in ihr unerträglich anstieg. Jetzt musste sie einen Probelauf durch den Gang machen. Auweia, zitterten ihre Hände!

Iris, die am Rande des Sets stand, zwinkerte Emma zu und hob den Daumen. Magnus schlenderte unlustig am Regal entlang. Er nahm einen Becher Milch aus dem Regal, hielt ihn in die Luft,

zögerte kurz, bis er ihn dann in seinem Einkaufswagen ablud.
»Den Becher anders drehen«, kam es vom Regisseur. »Man sieht die Schrift nicht.«
»Melkies Magermilch kann mich mal«, knurrte Magnus, stellte aber brav den Becher zurück und wiederholte die Handbewegungen.
»Deine Nase glänzt, Magnus. Zurück in die Maske.«
»Mann, ist ja auch affenheiß hier im Studio.«
Magnus verschwand. Unterdessen übte Emma mit ihrem Wagen. Sie kam sich vor, als hätte sie noch nie einen Einkaufswagen geschoben. Sie schwitzte in ihrer Jacke – in der Serie war es Winter – und fühlte sich unter der Schicht von Make-up unwohl.
Magnus kam zurück und die Szene wurde wiederholt. Lustlos rammte Magnus Emmas Wagen.
»Das sieht zu absichtlich aus«, meckerte der Regisseur.
Wiederholung!
Emmas Aufregung legte sich etwas. Auch andere machten Fehler, das war beruhigend.
Diesmal klappte es besser. Magnus mimte Zerstreutheit, schaute zum Regal und sein Wagen stieß frontal mit Emmas Wagen zusammen.

Emma schüttelte entrüstet den Kopf. »Ts-ts-ts…«
»Du bist doch keine alte Oma«, schnauzte Werner. »Ein bisschen ärgerlich darfst du gucken, mehr nicht. Die Szene soll lebensecht sein …«
Emma wurde knallrot. Ihre ganze Selbstsicherheit war dahin und sie kam sich klein und mickrig vor.
O Stefanie Weber-Blömcke, warum hast du mir noch nicht beigebracht, wie man einen Einkaufswagen schiebt?
Noch mal die Szene. Und dann noch einmal. Endlich war der Regisseur zufrieden.
»Die Szene sitzt«, verkündete er. »Wir können drehen. Jetzt absolute Ruhe!«
Zweimal ertönte ein lauter Hupton, gleichzeitig ging eine rote Warnlampe an. Beim Drehen durfte niemand stören und jeder, der zuschaute, musste sich das Husten verkneifen.
Emma wurde es ganz heiß im Bauch. Jetzt war es ernst! Zwei Sekunden lang hatte sie das Gefühl, dass sie gleich umkippen würde, so sehr klopfte ihr Herz. Doch dann passierte mit einem Mal etwas Merkwürdiges.
Die Szenerie verwandelte sich. Plötzlich war es wirklich ein Supermarkt und Magnus war ein

fremder junger Mann, der unentschlossen am Kühlregal entlangging. Er war so tief in Gedanken, dass sein Wagen immer mehr auf die Gangmitte zusteuerte. Es war Emma unmöglich auszuweichen. Die beiden Wagen stießen zusammen.
Der fremde Mann sah Emma an, als sähe er einen Geist. Seine Pupillen weiteten sich vor Überraschung.
»Anja!«
»Ich heiße Emma«, rutschte es ihr heraus.
Eine Sekunde sahen sie sich tief in die Augen. Emma spürte, wie ihr das Blut in den Kopf schoss.
»Stopp!«, brüllte der Regisseur. »Falsch. Magnus, was soll das? Du sagst einfach *Entschuldigung.*«
Magnus trat einen Schritt zurück und strich sich die Haare zurecht.
»Verdammt«, fluchte er. »In diesem Moment hat sie wie Anja ausgesehen.«
»Anja ist tot«, fauchte Werner.
»Aber es kam ganz toll rüber«, mischte sich der Kameramann ein. »Magnus' Überraschung war echt. Man hat wirklich gedacht, er begegnet der toten Anja. Die Zuschauer kriegen bestimmt eine Gänsehaut.«
Der Regisseur zögerte.

»Pause«, bestimmte er. »Ich seh mir die Szene noch mal im Regieraum an, danach entscheide ich, ob wir wiederholen.«
Sie mussten warten. Während Magnus verschwand, um eine Zigarette zu rauchen, trat Emma unruhig von einem Fuß auf den anderen. Wie würde es weitergehen? Hatte sie gut gespielt? Oder würde Werner gleich wiederkommen und sie ein weiteres Mal abkanzeln?
»Du warst prima«, flüsterte Iris aus der Kulisse. »Du hast richtig toll ausgesehen.«
Emma nickte stumm. Das Lob tat gut, aber Iris war ihre Freundin und kein Profi. Wie würde sich Werner entscheiden?
»Magnus war auch toll«, meinte Iris. »Nur – äh …«
»Nur was?«
»Er ist so anders als in der Serie. So ruppig. Direkt machohaft. Frederik ist viel netter.«
Emma fand, dass Magnus in Wirklichkeit längst nicht so langweilig war wie in der Serie, aber das sagte sie lieber nicht.
Endlich tauchte Werner wieder auf.
»Die Szene ist wirklich gut geworden«, berichtete er. »Ich würde sie gern drin lassen. Aber sie bringt das ganze Drehbuch durcheinander.«

Magnus kam zurück und drückte seine Zigarettenkippe auf dem Studioboden aus, was ihm einen ärgerlichen Blick von Werner einbrachte.
»Es ist was fürs Herz, wie sich Magnus an Anja erinnert. Eigentlich viel besser, als wenn er sich neu in eine Krankenschwester verliebt«, meinte der Kameramann.
»Anja war bei den Zuschauern unheimlich beliebt«, bestätigte der Regisseur und rieb sich das Kinn. »Nachdem sie aufgehört hat, sind die Einschaltquoten prompt gesunken. War vielleicht ein bisschen voreilig, dass sie gegangen ist.«
Magnus grinste. »So viel ich gehört habe, würde sie gerne wieder einsteigen.«
»Aha«, brummte Werner. »Ihr habt euren privaten Zoff also beendet?«
Emma spitzte die Ohren. Was sie da hörte, war ja hochinteressant! Und es tat gut zu erfahren, dass jemand, der ihr ähnlich sah, für hohe Einschaltquoten gesorgt hatte!
Magnus zuckte mit den Achseln. »Na ja, Anja und ich versuchen es noch mal miteinander.«
»Dann lassen wir Anja doch auferstehen«, entschied Werner. »Hm ... aber wie machen wir den Unfalltod rückgängig?«
Einen Moment herrschte Stille im Studio.

Auch Emmas Gehirn lief auf Hochtouren. Die Ideen flogen ihr nur so zu. Sie wusste zwar nicht, ob ihre Einfälle gefragt waren, aber egal – sie sprudelte los: »Das ist doch kein Problem. Es stellt sich heraus, dass Anja gar nicht im Wagen war. Jemand anderes hat den Wagen gesteuert – ihre Freundin zum Beispiel, die keinen Führerschein hatte. Anja selbst ist untergetaucht, weil sie über den Tod ihrer Freundin so geschockt war. Außerdem wollte sie in Ruhe über ihre Beziehung zu Magnus nachdenken.«

Emma sah die anderen gespannt an. Würden sie jetzt laut lachen? *Halt dich da raus, Kleine, wir sind die Profis!*

Aber nein, Magnus und Werner guckten ganz interessiert.

»Hm«, machte Werner nachdenklich. »Klingt nicht schlecht.«

»Das könnte gehen«, meinte auch Magnus lächelnd.

»Dann brauchen wir den Ladendieb nicht«, entschied Werner. »Der Mann ist aber schon vertraglich verpflichtet. Was machen wir mit ihm?«

»Muss er denn unbedingt einen Dieb spielen?«, fragte Emma. Sie hatte schon wieder neue Einfälle auf Lager.

Werner sah sie aufmerksam an. »Nicht zwingend. Er soll in zwei oder drei Szenen auftreten, mehr nicht.«
»Er könnte doch ein Monteur sein, der bei Mutter Deichsel die Heizung repariert«, schlug Emma vor. Ihr wurde richtig heiß vor Begeisterung, dass man sie ernst nahm. »Der ganze Kessel ist im Eimer, es wird eine sauteure Reparatur, die Mutter Deichsel nicht bezahlen kann. Deswegen greift sie in die Supermarktkasse …«
»… der Betrug kommt natürlich ans Licht«, fuhr Magnus fort.
»Und Mutter Deichsel verliert ihren Job«, ergänzte der Regisseur.
»Was Anja große Sorgen macht«, spann Emma weiter. »Denn sie liebt ihre Großtante ja über alles. Deswegen nimmt sie bei der Bank einen Kredit auf –«
»Die Bank will ihr kein Geld leihen und Anja gerät an einen Wucherer«, sagte Magnus.
»Sie kann die Zinsen nicht mehr bezahlen und kommt schließlich auf die Idee, die Supermarktkette zu erpressen«, überlegte der Regisseur.
»Mit vergifteter Magermilch!«, rief Emma triumphierend.
Magnus und Werner grinsten sich an.

»Das ist Stoff für Wochen«, stellte Werner fest.
Magnus klopfte Emma auf die Schultern. »Hey, du hast ja super Einfälle.«
Emma wurde knallrot. Sie war selig. Man hatte ihr nicht nur zugehört, sondern man fand ihre Ideen richtig gut! Sogar der Serienstar Magnus war begeistert! Wow!
»Okay, dann sag ich nachher den Drehbuchschreibern Bescheid und wir schließen die Szene jetzt ab«, bestimmte Werner.
Am liebsten hätte Emma vor Freude laut geschrien. Das Drehbuch wurde umgeschrieben. IHRETWEGEN!
Doch jetzt war keine Zeit auszuflippen. Der Regisseur klatschte in die Hände. »Also Leute, es geht weiter. Konzentration bitte!«, befahl er.
»Magnus schaut Emma nach und murmelt erschüttert: ›Nein, sie kann es nicht sein, sie ist ja tot.‹ Die Kamera zeigt Emma von hinten, dann dreht sich Emma noch einmal um und lächelt Magnus an.«
Es war halb zwei, bis alles endlich Werners Vorstellungen entsprochen hatte und die Szene abgedreht war.
»Verdammt, wir sind nicht mehr im Zeitplan«, zeterte er. »Das gibt wieder Überstunden.«

»Aber dafür haben wir eine prima Story«, meinte Magnus zufrieden. »Wollen wir zusammen essen gehen?« Die Frage galt Emma.
Emma nickte. Sie war völlig erschöpft von der Anstrengung und fast ohnmächtig vor Hunger.
Bevor sie das Studio verließen, brachte Fritzi Emma noch ein T-Shirt, Größe XXL, auf dem das Gesicht von Mutter Deichsel zu sehen war. »Als Dankeschön fürs Mitmachen und als Erinnerung an *Verrückt nach Liebe.*«
»Danke«, stammelte Emma glücklich. Es war alles so toll gelaufen! »Wann kann ich die Folge im Fernsehen sehen?«
»Ungefähr in sechs Wochen«, meinte Magnus.
Dann ging alles sehr schnell, Abschied, Händedrücken, Sachen zusammenpacken, nichts vergessen … Bevor Emma sich versah, hatte sie die Hallentür hinter sich zugeworfen und trabte zusammen mit Magnus und Iris über den Vorplatz. Sie hatte noch immer das Gefühl, auf Wolken zu schweben. Sie war richtig high.
»Ich kenne eine nette kleine Pizzeria in der Nähe«, sagte Magnus zu ihr. Er warf einen Blick auf Iris. »Gehört die zu dir?«
Emma nickte. »Iris ist meine beste Freundin. Sie ist ein großer Fan von dir.«

Magnus grinste, holte einen Kugelschreiber aus der Hosentasche und schrieb Iris ein Autogramm auf den Arm.

»Danke«, sagte Iris verlegen.

Wenig später saßen sie in einer kleinen verrauchten Pizzeria. Aber Emma konnte trotz ihres großen Hungers nur wenige Bissen essen. Ihr Magen war schon voll mit Aufregung, mit all den neuen Eindrücken und den kribbeligen Gefühlen. Alles kam ihr vor wie ein schöner Traum …

Magnus erzählte von einigen peinlichen Pannen und lustigen Zwischenfällen, die sich bei *Verrückt nach Liebe* ereignet hatten. Emma hörte gebannt zu. Er war wirklich viel netter als in der Serie. Und er verstand mehr vom Theater spielen, als sie gedacht hätte! Irgendwann schaute er auf seine Armbanduhr. »Tut mir Leid, ich muss wieder los zum Dreh. Du hast jedenfalls toll gespielt, Emma. Und deine Ideen waren echt super.« Magnus stand auf und küsste Emma auf die Wange.

Emma kippte fast vom Stuhl. Das Blut schoss ihr in den Kopf und in ihrem Bauch flatterten lauter Wildenten.

Magnus lächelte auf sie herunter. »Vielleicht sehen wir uns ja mal wieder – irgendwann und irgendwo«, meinte er.

Das Lächeln ging ihr durch und durch.
»Falls du mal wieder einen Einfall brauchst, ruf einfach an«, konnte sie gerade noch hauchen.
»Klar. Ciao, ihr Süßen.« Magnus bezahlte, winkte, dann war er fort.
Emma schluckte heftig. Ein Stück Pizza schien in ihrem Hals zu klemmen und wollte nicht runterrutschen.
»Wow«, sagte Iris. »Ein echter Kuss von Magnus. Für so was wär ich gestern noch gestorben. He, was ist mit dir los, Emma?«
»Ich muss aufs Klo«, ächzte Emma.
Auf der Toilette guckte sie in den Spiegel. Ihre Augen glänzten so komisch.

»Nicht zu fassen«, stellte Emma fest. »Jetzt hab ich ihn auch, den Liebeswahnsinn!«

Erfolg für Emma

Das Menschengetümmel am Bahnhof störte Emma nicht. Noch immer schwebte sie auf Wolke Sieben. Vielleicht hatte heute ihre große Karriere begonnen!
Erst als der Lautsprecher ankündigte, dass ihr Zug zwanzig Minuten Verspätung haben würde, fiel Emma siedend heiß ein, dass sie nicht zu Hause angerufen hatten.
»Verdammt, das haben wir total vergessen! Mensch, was jetzt?«
Emma und Iris sahen sich bestürzt an. Es war kurz vor drei. Ihre Mütter warteten zu Hause längst mit dem Mittagessen. Wahrscheinlich hatten sie schon miteinander telefoniert und ihre Töchter für abgängig erklärt.
»Vielleicht denken sie ja, dass die Vogelstimmenwanderung den ganzen Tag dauert«, hoffte Iris.

»Denken sie bestimmt nicht«, murmelte Emma. »Die sind ja nicht doof. Wie ich meine Mutter kenne, checkt sie sofort, dass was faul ist.« Sie steuerte hastig auf eine Telefonzelle zu. »Ich ruf jetzt an.«
Iris stolperte hinterher. »Und was sagst du ihr?«
»Das entscheide ich spontan«, entschied Emma. Ihr Höhenflug war jäh zu Ende. Sie war kein Star mehr, dem eine große Karriere bevorstand, sie war nur noch *Crazy Emma* mit dem Talent für Katastrophen und peinliche Fettnäpfchen.

Zögernd steckte sie ihre Telefonkarte in den Schlitz und wählte die Nummer von zu Hause. Schon beim zweiten Tuten wurde abgenommen.
»Lerche?!?« Panik, Nervosität, Hysterie – kaum

zu glauben, wie erregt so ein zarter Vogelname ausgesprochen werden konnte!
»Hier ist Emma.«
»Um Himmels willen, WO STECKST DU? Und was soll der Mist mit der Vogelstimmenwanderung? Ich hab vorhin in der Schule angerufen. Man hat mir erzählt, ihr habt gar keinen Ausflug gemacht!«
Emma musste den Hörer ein Stück vom Ohr weghalten. »Nein, Mama, das war nur erfunden«, sagte sie schuldbewusst.
»Ich wollte grad die Polizei anrufen. Emma, ist alles in Ordnung?«
»Es ist was Schlimmes passiert.«
»Herrje, doch nicht ein Unfall? Oder ein Überfall? Ein EXHIBITIONIST?«
»Ich glaub, ich hab mich verliebt, Mama«, murmelte Emma. Sie war völlig durcheinander.
»WIE? Du bist wegen einem Kerl ausgerissen? EMMA!«
»Nein, eigentlich wegen *Verrückt nach Liebe*«, berichtigte Emma.
»Du bist eigentlich verrückt nach Liebe? Hör zu, mein Kind, darüber müssen wir in aller Ruhe reden, aber komm erst nach Hause! Bitte!«
Emma nickte. »Natürlich. Ich komme sofort nach

Hause. Der Zug hat leider ein bisschen Verspätung.«
»VERDAMMT NOCH MAL, JETZT SAG ENDLICH, WO DU BIST.«
»In einer Telefonzelle. Die Karte ist gleich leer. In drei Stunden sind wir zu Hause am Bahnhof.«
»Emma, ich will jetzt endlich genau –«
Emma fiel noch etwas ein. »Ruf bitte Iris' Mutter an. Und sag ihr auch, dass es Iris nicht mehr zur Klavierstunde schafft.«
Pieps, pieps – die Karte war leer und die Verbindung unterbrochen. Emma nahm die nutzlose Karte aus dem Schlitz und verließ die Telefonzelle.
»Und?«, fragte Iris nervös.
»Mama war total sauer«, antwortete Emma. Niedergeschlagen ließ sie sich auf eine Bank fallen. Sie fühlte sich völlig kaputt. Hatte sich das Ganze überhaupt gelohnt?
Klar, sie kam ins Fernsehen und das war toll!
Und sie hatte Magnus kennen gelernt.
Die Wildente in ihrem Bauch schlug matt mit den Flügeln, sobald sie an ihn dachte.
An sein Lächeln. An seine Augen. Und vor allem an seinen Kuss.
Emma berührte sachte ihre Wange. »Magnus«, flüsterte sie.

»Der Typ war eine Riesenenttäuschung«, stellte Iris fest. »In der Serie ist er so sanft und einfühlsam, hat für jeden Verständnis, aber in Wirklichkeit – brrr! Hast du gemerkt, dass es ihm gar nicht gepasst hat, als ich mit euch Pizza essen gegangen bin? *Gehört die zu dir?* Würg!«
»Er kennt dich eben gar nicht«, nahm Emma Magnus in Schutz. »Und er hat dir extra ein Autogramm auf den Arm geschrieben.«
Sie zog Iris' Arm zu sich herüber und fuhr zärtlich die völlig unleserlichen Buchstaben nach.
»Trotzdem«, beharrte Iris. »Ich finde, er ist ein richtiger Kotzbrocken. Aber Frederik ist genauso süß, wie ich ihn mir vorgestellt habe. Doch mein Herz gehört Sönke, das weiß ich jetzt. Komm, unser Zug fährt ein. Den dürfen wir nicht verpassen.«
Sie hatten Glück und fanden ein freies Abteil. Emma knallte das Gepäck auf die Ablage, verstellte den Sitz und machte es sich so bequem wie möglich. Auch Iris legte die Beine hoch.
Auf der ganzen Heimfahrt malten sich die beiden Mädchen aus, was sie zu Hause wohl erwartete.
»Ich kriege bestimmt Hausarrest«, meinte Iris.
»Und mir streichen meine Eltern die Schauspielstunden«, murmelte Emma düster. »Ausgerechnet jetzt, wo ich meinen Durchbruch habe! Hach, aber

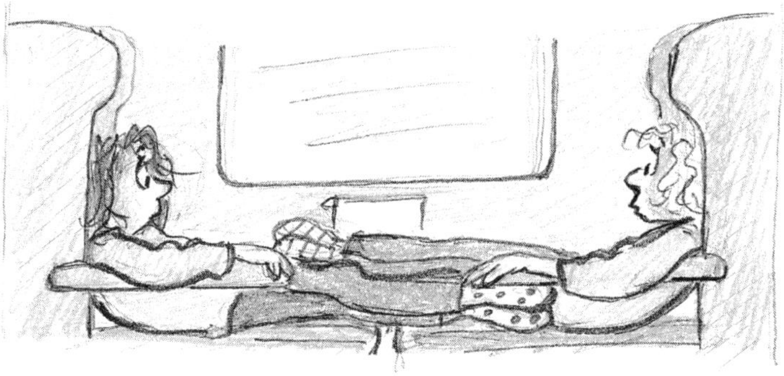

auch zu blöd, dass Mama in der Schule angerufen hat.«

»Vielleicht fliegen wir jetzt!«, schmückte Iris die Katastrophe noch ein bisschen aus.

»Quatsch.« Emma schüttelte den Kopf. »Wir kriegen höchstens einen saftigen Anschiss von *Majestix.*« Darauf war sie auch nicht sonderlich scharf. Aber sie würden es schon überleben. »Wir stecken uns einfach Watte in die Ohren. Oder wir schenken ihm ein Video mit der Folge aus *Verrückt nach Liebe.*«

Iris schlug Emma aufs Knie. »Mensch, Emma! Du kommst tatsächlich ins Fernsehen! Du bist drin in der Soap und sagst sogar einen Satz! Hey, das ist doch Wahnsinn! Vielleicht wird dein Name sogar im Vorspann genannt oder ein Reporter kommt und macht mit dir ein Interview oder ein Szenenfoto kommt in die Fernsehzeitschrift!«

Emma lächelte. Das tolle Gefühl kam ein bisschen zurück. Im Grunde war der Tag doch ein Riesenerfolg gewesen. Sie war beim Fernsehen gewesen, hatte ihre erste (fast richtige!) Rolle gespielt und einen Kuss von Magnus bekommen, den Millionen Mädchen (nein, lieber nicht an so was denken!) liebten …

Das bisschen Stunk, das sie zu Hause erwartete, konnte sie doch gar nicht kratzen …

Tat es aber doch, auch wenn Emma es nicht gerne zugab.

Papas Gesicht verhieß Sturm, Mamas Miene sogar Orkan, als die Eltern die Mädchen am Bahngleis empfingen. Herr und Frau Pfeiler sahen nicht sehr viel freundlicher aus.

»Hallo«, sagte Emma zaghaft und lächelte.

Sofort prasselten von Mama und Papa Vorwürfe auf sie nieder.

»Was hast du dir dabei gedacht?«

»Ja, was fällt dir bloß ein?«

»Eine Menge«, murmelte Emma schuldbewusst.

»Natürlich! Das ist ja nichts Neues!«, schnaubte Mama. »Ich bin fast verrückt geworden!«

»Ich komm jetzt ins Fernsehen«, sagte Emma schnell.

»Wohl in die Sendung *Gesucht wird*?«, gab Papa zornig zurück.
Emma wollte etwas sagen, aber Mama ließ sie nicht zu Wort kommen. »Hast du eigentlich eine Ahnung, was für Sorgen wir uns gemacht haben?«, schimpfte sie. »Dreizehn Jahre lang zieht man dich groß, in all der Zeit möchte man für dich nur das Beste, man liest dir jeden Wunsch von den Augen ab und dann lügst du uns an und verschwindest einfach!« Plötzlich schluchzte Mama laut auf, riss Emma in ihre Arme und drückte sie so fest, dass sie kaum noch Luft bekam.

»Oh Emma, lieben wir dich vielleicht zu wenig?«
»Von Liebe kann man nie genug kriegen«, flüsterte Emma und fragte sich ärgerlich, warum ihr jetzt

Tränen in die Augen stiegen. Die Wildente in ihrem Bauch meldete sich und quäkte nach Magnus.

Schließlich löste sie sich aus Mamas Umarmung. »Aber ich komm wirklich ins Fernsehen. Ich hab in *Verrückt nach Liebe* mitgespielt! Eigentlich war es nur eine Statistenrolle, aber jetzt sage ich sogar einen ganzen Satz! Und der Regisseur hat mich gelobt, weil ich so gute Ideen habe, und das Drehbuch wird wegen mir umgeschrieben …«

Mama riss die Augen auf. »Das musst du uns ganz genau erzählen«, forderte sie.

»Echt wahr?«, schaltete sich Sven ein. »Das hast du nicht erfunden?«

Jetzt erst entdeckte Emma ihren Bruder. »Mensch, Svennie, es war einfach toll. Ich bin geschminkt worden –«

»Das hört sich ja richtig fantastisch an«, meinte Mama. Sie sah auf einmal gar nicht mehr so wütend aus.

»Scheint so, als ob wir eine berühmte Tochter hätten«, ergänzte Papp, schon merklich milder.

Emma lächelte ihn an – stolz und erleichtert zugleich.

»Sie sollten besser auf ihre Tochter aufpassen«, fauchte da jemand neben ihnen.

Es war Frau Pfeiler, natürlich, wer sonst? »Emma stiftet alle an«, giftete sie weiter. »Ihretwegen hat meine Iris die Klavierstunde versäumt und überhaupt –«

Aber Mama ließ sich nicht beeindrucken. »Soviel ich verstanden habe, war es die Idee von *beiden* Mädchen, zum Fernsehen zu fahren«, entgegnete sie ruhig. »Und jetzt haben wir sie ja wieder. Es ist alles noch mal gut gegangen.«

»Sie haben wohl eine ziemlich lässige Auffassung von Erziehung«, erwiderte Frau Pfeiler schnippisch. Sie musterte Emma. »Ich würde Ihnen dringend raten, mit Ihrer Tochter einmal zu einem Psychologen zu gehen.«

»ICH BIN NICHT LESBISCH!«, schrie Emma.

»Ein Psychologe kann da auch nichts machen«, quäkte Sven. »Lesbisch sein kriegt man nicht weg.«

»Du bist vielleicht schlau«, schnaubte Frau Pfeiler und zog Iris von Emma fort. Iris drehte sich noch einmal um und machte ein gequältes Gesicht.

»Ciao, bis morgen«, rief Emma.

»Wir sollten jetzt auch heimfahren«, meinte Papp. Er hakte sich bei Emma ein und Mama nahm ihren anderen Arm.

Auf dem Weg zum Wagen erzählte Emma ununterbrochen. Sie berichtete von ihrem Anruf bei Radio Primadonna, von Iris' Lampenfieber und wie sie zuletzt für Iris eingesprungen war. Sie beschrieb die Supermarktszene und wie sich, dank ihrer Ideen, die Serie verändern würde.

»Wir haben schon eine ungewöhnliche Tochter«, sagte Papp stolz zu Mama. »Von wem sie all diese Einfälle bloß hat?«

Emma lächelte geheimnisvoll. Wäre dies eine Szene aus *Verrückt nach Liebe*, dann würde Mama ihr jetzt erzählen, dass sie leider, leider nicht ihre leibliche Tochter sei. Und zu Hause würde sie Emma die Adoptivurkunde zeigen und das Medaillon mit dem vergilbten Foto von Sophia D'Avolo …

Aber es war keine Folge aus einer Soap, deswegen sagte Papp nur:
»Verflucht, warum klemmt denn ein Strafzettel an der Windschutzscheibe?«
»Weil wir in der Aufregung den Parkschein vergessen haben«, antwortete Mama. »Aber es gibt Schlimmeres. Steig ein, Emma!«
Papp kämpfte sich durch den abendlichen Verkehr.
»Ich hätte mich das früher jedenfalls nicht getraut«, brummte er.
»Ja, früher«, seufzte Mama. »Wir waren damals noch nicht so selbstbewusst.«
»Hat man euch früher wirklich erzählt, dass von Selbstbefriedigung das Rückenmark weich wird?«, fragte Sven vom Rücksitz aus.
Mama holte tief Luft, Papp stöhnte. »Kennt dieser Junge denn nur dieses eine Thema?«
»Fällt dir das jetzt erst auf?«, wunderte sich Mama.
Emma gähnte dazu nur. Sie war hundemüde. Es war ja auch ein Wahnsinnstag gewesen.
Als sie zu Hause ankamen, schickte Mama sie gleich zum Abschminken ins Bad. Im Nachthemd tappte Emma hinterher noch einmal ins Wohnzimmer.
Sie gab ihren Eltern einen Kuss.

»Seid ihr mir eigentlich sehr böse?«
»Was heißt schon böse?« Mama zuckte mit den Achseln. »Einmal veranstaltest du eine Geburtstagsorgie mit zehn Jungs, dann wieder rettest du meinen Partyservice und drei Tage später reißt du aus und kehrst als Fernsehstar zurück ...«
»Das Leben mit dir ist wirklich sehr aufregend«, bestätigte Papp hinter seiner Fachzeitschrift.
»Aber eigentlich nicht aufregender als das, was andere Eltern mit ihren Kindern erleben«, nahm Mama Emma gleich in Schutz. »Es ist das Alter, die Puber –«
»NEIN!«, schrie Emma. »Ich hab dir verboten, dass du dieses Wort sagst!«
»Na dann eben nicht«, meinte Mama. »Nun schlaf schön, gute Nacht.«
Emma druckste herum.
»Ist noch was?«
»Schreibst du mir eine Entschuldigung für die Schule?«
»Ha!«, machte Papp. »Das würde ich an deiner Stelle nicht tun, Julia. Sie soll für die Sache gerade stehen.«
Mama runzelte die Stirn. »Und was soll ich draufschreiben, Emma? Hast du irgendwelche Ideen?«
»Magen- und Darmgrippe?«, schlug Emma vor.

»Eine so dicke Lüge?«, gab Mama augenzwinkernd zurück. »Wie wär's mit Schwindelgefühlen?«

»Lampenfieber«, sagte Emma. »Oder Herzschmerz.« Dann erhellte sich ihr Gesicht. »Schreib Periodenschmerzen!«

»Menstruationsbeschwerden«, berichtigte Mama.

»Du bist ein schlechtes Vorbild für deine Tochter«, meckerte Papp, als Emma glücklich mit ihrer Entschuldigung abzog.

Vor der Zimmertür stieß sie mit Sven zusammen.

»Pfui, Svennie! Du hast gelauscht.«

»Und du hast geschwänzt und Mama schreibt dir auch noch eine Entschuldigung.« Laut schrie er: »Das ist ungerecht, ich will auch mal schwänzen dürfen.«

»Wenn du dreizehn bist, Sven!«, rief Mama zurück.

Emma war schon im Bett, als Sven noch einmal ankam, eines seiner Bücher unterm Arm.

»Ich weiß jetzt endlich, was mit dir los ist, Emma!«

»O nein, Sven, nicht jetzt!«, protestierte Emma. »Ich will gar nicht wissen, ob ich pervers, transsexuell, frigide oder nymphomanisch bin! Ich bin nur müde, verdammt!«

»Ich dachte, du willst vielleicht hören, was ich rausgefunden habe.« Sven setzte sich ungerührt auf die Bettkante. Er schlug das Buch auf.

»Du bist eine Ratte.«

»WAS?« Emma drehte das Buch um, sodass sie den Titel lesen konnte. »*Chinesisches Horoskop*. Ach du lieber Gott. Woher hast du denn das?«

»Von Claudia. Das Buch ist ganz neu. Und total interessant! Eigentlich noch besser als meine Aufklärungsbücher.« Sven machte ein ernsthaftes Gesicht. »Hier steht jedenfalls etwas, das passt hundertprozentig auf dich: nämlich, dass Ratten genau das kriegen, was sie wollen, notfalls mit tausend Tricks. Aber sie kommen zum Ziel. IMMER.«